L'Allégorie des truites arc-en-ciel

MARIE-CHRISTINE CHARTIER

L'Allégorie des truites arc-en-ciel

ROMAN

Le Soir Venu

Également aux Éditions Le Soir venu

Margo a des problèmes d'argent, Rufi Thorpe
Dans mes écouteurs, Aurélie Delahaye
Un tango pour Doro, Nathalie Longevial
Les Étoiles du silence, Jean-Marc Ceci
Le Retour de l'oie blanche, Mélissa Perron

Éditions Le Soir venu
Route de Florissant, 97 – 1206 Genève – Suisse

Éditions Hurtubise inc.
8815 avenue de Lorimier, Montréal (Québec) Canada H2K 3W6

Titre original : *L'allégorie des truites arc-en-ciel* par Marie-Christine Chartier

ISBN : 978-2-940797-09-7

Couverture : François-Xavier Pavion
Correction : Céline Dutt
Mise en pages : SIR

À Pierre.
Pour toutes les histoires qui ont mené à celle-ci.

CAM

— Et donc?

— Ça ne marchera pas.

— Pourquoi?

— Ses sourcils sont vraiment trop rapprochés.

— Max…

— Quoi? Je te le dis, c'est presque indécent.

— Je ne pense pas que ça entre dans la liste des choses indécentes de la vie. Si tu m'avais dit qu'elle portait une minijupe, ça aurait peut-être été une autre histoire…

— Si elle avait porté une minijupe, ça aurait *sûrement* été une autre histoire.

— Tu es un idiot, Max.

— Je sais. C'est probablement aussi pour ça que ça ne marchera pas.

Le café est vide, je suis en train de mettre les dernières chaises sur les tables. C'était un peu la folie, ce soir. Cela fait déjà trois semaines que les cours ont repris, et les étudiants en licence commencent à réaliser qu'il est temps de se mettre au travail. Je me souviens comment c'était, à cette époque. En licence, les travaux viennent par vagues. Le master, c'est plus gros, plus constant, mais une fois qu'on a appris à nager, les ressacs sont moins éprouvants.

Je ramasse quelques tasses qui traînent sur le comptoir en bois usé. Le café est relativement récent, même si les meubles ont de l'âge et qu'un tas de vieux objets décorent le lieu. Cela plaît beaucoup aux hipsters. Remplir du neuf avec du vieux: l'ironie de la chose me fascine presque autant qu'elle me décourage… En réalité, c'est toute notre génération qui me fascine presque autant qu'elle me décourage. Mais je n'ai pas trop envie de m'étendre là-dessus ce soir. Je travaille dans un café, pas dans un bar. Je manque de munitions, et surtout de courage liquide – lire ici de l'alcool –, pour m'attaquer à nos problèmes générationnels.

Je passe une guenille*[1] sur le long comptoir où je fais glisser des lattés à longueur de journée. Je ne les fais pas vraiment glisser, on s'entend, on n'est pas dans un western des années 1940, seulement j'aime bien penser que j'aurais fait une bonne barmaid de saloon. Au lieu de cela, je dessine des fleurs ou des feuilles avec de la mousse de lait. Le design varie selon mon humeur. Il dépend aussi du client qui le demande. J'essaie de deviner ce qui lui ferait plaisir – un cœur, une plume? Si la personne a le nez collé sur son téléphone pendant qu'elle passe sa commande, je fais exprès de rater mon dessin. Elle ira payer cinq dollars cinquante ailleurs pour avoir sa photo parfaite sur Instagram. Au moins, je lui aurai instauré un peu de savoir-vivre. *Not all heroes wear capes*[2], comme on dit.

Max est dans sa voiture, j'entends le moteur qui se plaint lorsqu'il embraye. De la musique joue en arrière-fond. Quelque chose de calme selon mes goûts et, par définition, de très calme selon les siens. De mon côté, j'ai baissé le volume de la musique dans le café et je lui parle

1. Tous les mots suivis d'un astérisque sont des termes ou expressions québécois dont vous pouvez retrouver la signification dans le glossaire en fin d'ouvrage.
2. Les héros ne portent pas tous des capes.

sur le haut-parleur de mon téléphone. Cela grésille un peu, sauf que je le connais tellement bien que je pourrais saisir les intonations de sa voix au beau milieu d'un chantier de construction. Je sens qu'il est un peu déçu de son rendez-vous. Il ne l'admettra pas, mais je le devine par la musique trop douce qui joue dans sa voiture et le silence qui s'étire depuis sa dernière réplique. Je finis par le relancer :

— Bon, sans rire… à part les sourcils, comment était-elle ?

Il pousse un soupir.

— Je ne sais pas. Je ne le sentais pas. C'est dur à expliquer. Tu sais comment je suis quand je ne le sens pas…

— En effet. Tu sais, je ne suis même pas certaine de savoir de quoi tu as l'air quand tu le sens.

— C'est plutôt rare.

— Je n'ai jamais rencontré quelqu'un d'aussi difficile.

— J'attends la qualité, Cam.

— Oui, enfin, peut-être un peu trop.

— Es-tu en train d'insinuer que mes standards sont trop élevés ?

— Non, je suis en train de te dire qu'ils sont inadéquats.

— Pourtant, tu sais bien que je m'entoure seulement de la crème de la crème. Regarde-toi.

— Téteux*.

— Peut-être, mais je ne peux pas juste être un idiot, non ? Je suis ton meilleur ami pour une raison, quand même.

— Touché. Mais juste une.

— Ça, et mes fesses d'acier.

— Ah, surtout les fesses, oui.

Son rire s'effrite à l'autre bout du fil. J'imagine son visage pensif et son regard vert dans la faible lueur des lampadaires de la ville endormie. Dans cette lumière-là, tout devient ambré : ses yeux, ses cheveux, sa barbe. Ses cheveux et sa barbe sont vraiment ambrés, même en plein jour. Je pense qu'il est roux, lui croit que j'ai des problèmes de vue. En fin de compte, on s'entend tous les deux pour dire que, sous certains éclairages, il est plus roux que pas roux. C'est le mieux que j'ai réussi à lui faire avouer, et encore, il n'était pas à jeun à ce moment-là. Il dit que cela ne compte pas, parce qu'il était soûl. Je pense au contraire qu'on dit toujours plus la vérité quand on a bu. On accepte que, là-dessus, on ne s'entende probablement pas. C'est correct* comme ça. C'est plaisant aussi de ne pas s'entendre sur tout. Notre amitié est en partie basée sur nos divergences d'opinions en ce qui a trait aux choses anodines et sur notre accord profond en ce qui concerne celles qui importent.

J'entends le moteur qui gronde à nouveau. Sa voiture fait toujours un bruit de fou quand il accélère. Il doit être en train de s'engager sur Charest. J'imagine l'autoroute vide à cette heure-ci, Max qui conduit un peu trop vite. Il doit se ronger les ongles, passer une main dans sa barbe, se gratter un peu le visage. Il a beau essayer de se laisser pousser la barbe, il n'est jamais capable de dépasser le stade où elle pique. Max manque incroyablement de volonté pour ce genre de trucs.

Je ne plaisantais pas tant que cela quand je lui ai dit qu'il était la personne la plus difficile que je connais. En fait, je ne plaisantais pas du tout. Max est un beau gars*, intelligent, sauf qu'il attend l'impossible de la part des femmes. Résultat, il les passe l'une après l'autre comme une fille aux règles abondantes passe les tampons quand elle est dans sa semaine. OK, ce n'est peut-être pas le meilleur exemple… À bien y penser, c'est au contraire un très bon exemple : sa vie amoureuse est un gros dégât. Je ne sais pas trop jusqu'à quel point cela le préoccupe. C'est difficile d'en avoir le cœur net avec lui, quand on parle de relations. Ce que je sais, c'est que cela me dérange plus que lui. Je suis une grande inquiète, c'est plus fort que moi.

— Là, tu es en train de te dire que je suis un vrai désastre émotif, hein ?

J'entends le sourire dans sa voix.

— Non, j'étais plutôt en train de me dire que tu *causes* des désastres émotifs, mais que je ne suis pas certaine que toi, tu en sois un.

— Ou que j'en suis un, mais que je m'en moque ?

— Exactement.

— Bah, c'était juste un rendez-vous. On ne prend pas tous ça autant au sérieux que toi.

— Aïe !

— Mais non, Cam, ce n'est pas une attaque. Tu es une émotive, c'est tout.

— Je ne suis pas une émotive. Tout le monde pense que je suis une peau de vache.

— L'un n'empêche pas l'autre.

— Bon point pour toi.

— De toute façon, ils pensent que tu es une peau de vache juste les deux premières fois qu'ils te voient. Après, ils découvrent ton cœur d'or, et à partir de là, c'est fini.

Je lève les yeux au ciel. Le cœur d'or, la crème de la crème… Je connais Max comme si je l'avais tricoté, je ne peux pas croire qu'il pense que je ne le vois pas venir.

— Qu'est-ce que tu veux ?

— Quoi ?

Là, il joue à l'innocent, même s'il doit bien se douter que cela ne marchera pas avec moi.

— J'imagine que tu ne m'appelais pas juste pour me parler de sourcils indécents ?

— Oui…

— Et donc… ?

— C'est la fête de mon père, demain.

— Je le savais. Max !

— Oh, s'il te plaît ! Tu serais la meilleure des amies de tout l'univers.

— Je suis déjà la meilleure des amies de tout l'univers.

— Voilà, tu as une réputation à entretenir.

Ses grands yeux vert ambré me supplient, même s'il n'est pas là. Je les devine derrière mes paupières closes. Je savais que cela finirait par arriver, je trouvais même qu'il commençait à se faire tard. Chaque année, Max n'a pas de partenaire pour la fête de son père. Chaque année, je l'accompagne, on se soumet aux deux-trois heures interminables passées en compagnie de sa famille, et après, on va se soûler au bar en dessous de mon appartement.

— C'est la tradition, Cam.

— C'est peut-être l'heure d'en créer de nouvelles.

— Les traditions deviennent des traditions parce qu'elles durent longtemps.

— Tu gosses*.

— Tu aimes ça.

Je soupire fort, assez fort pour que cela grésille dans son oreille, j'espère.

— Ton père va encore me parler du compte à rebours de mes ovaires. Il ne manque jamais une occasion, c'est un peu perturbant.

— Je sais. Quand il discute médical, il perd ses repères.

— Pour un homme aussi droit, j'aurais pensé qu'il aurait plus de retenue.

— Oui… bon, écoute, s'il fait ça, je lui parle de ma prostate pour changer de sujet. Promis.

— Pas *game**.

— C'est un oui, alors?

Je lance la guenille dans l'évier. Je le sens qui attend ma réponse, même s'il sait déjà qu'il a gagné. Je ne peux pas m'empêcher de sourire.

— Ce n'est pas un non.

— Ça me va. À demain, je t'aime.

— C'est ça. Moi aussi.

Voilà une autre chose qui fait que Max est mon meilleur ami, outre son tétage* et son fessier: il n'a peut-être pas l'attachement facile, mais quand il aime, il s'assure qu'on le sache. Tout le temps.

MAX

Mon père a 53 ans. Je pense. Je ne sais pas, j'ai arrêté de compter. Ou plutôt, il a arrêté de compter et nous a forcés à faire pareil. Mon père est excellent pour imposer sa volonté aux personnes autour de lui. C'est grâce à cela qu'il gagne beaucoup d'argent, vit dans une grosse maison d'un quartier plein de gens aussi riches que lui, est respecté au travail, et que sa propre famille le déteste.

OK, *le déteste*, c'est peut-être un peu fort. Cam dirait que j'exagère, que je ne déteste pas vraiment mon père, que j'ai simplement des problèmes relationnels avec lui, problèmes que j'ai enfouis bien profond et que je devrai apprendre à gérer un jour. Sérieusement, cette femme, je l'aime, mais sa psychologie à cinq cennes* m'exaspère. Sûrement en partie parce qu'elle a raison.

Depuis mon enfance, à chacun de ses anniversaires, mon père emmène toujours toute la famille bruncher. Avant, j'avais hâte d'être à ce jour-là, parce que j'allais voir mes cousins et cousines, parce que mon oncle Ted finirait, un peu trop soûl, par dire des choses qu'il n'aurait pas dû dire et, surtout, parce qu'il y aurait ma grand-mère, Jeannette, qui ne répondait à aucun autre nom que Mamie. Mamie, avec sa sacoche pleine de *peppermints* [3] (elle disait toujours des « paparmanes », comme elle disait « Ollachurd » au lieu

---

3. Pastilles de menthe.

de « Old Orchard [4] »). Mamie, qui arrivait avec ses paparmanes et son sarcasme que je ne comprenais qu'à moitié, et qui avait le don de faire se fâcher mon père. Mon père se fâche souvent, mais j'aimais bien quand c'était contre quelqu'un d'autre que moi. D'autant plus que Mamie était passée maître dans l'art de tourner ses colères en dérision. C'est, je pense, une des choses que j'admirais le plus chez elle. Encore aujourd'hui, je cherche la bonne façon de rire de l'humeur rarement agréable de mon père.

Il ne faut pas trop me prendre en pitié, quand même. Je sais bien qu'au fond, je suis surtout un gosse de riche, né avec une cuillère en argent dans la bouche et du papier en or pour torcher ses fesses d'acier. (Sérieusement, on niaise* avec Cam, mais j'ai vraiment de belles fesses.) Trêve de plaisanteries : oui, mon père est un salaud, ce qu'il faut relativiser. Il ne m'a jamais battu, c'est déjà une bonne chose. Il ne m'a toujours pas déshérité, même quand il m'a surpris à fumer de la weed dans le sous-sol, ou quand j'ai ruiné un de ses vestons Hugo Boss parce que j'ai sauté tout habillé dans une piscine pour faire rire mes amis. Et ce sont juste deux exemples parmi tant d'autres. Non, à l'évidence, il n'y a pas juste mon père qui a des choses à se reprocher, même si je ne le lui avouerai jamais. On voit un schéma qui se dessine, ici : je n'aime pas admettre que j'ai tort… exactement comme lui. Personne n'aime cela, sauf que moi, je suis particulièrement orgueilleux. Ce doit être le syndrome de l'enfant unique, fils de riche. Je devrais demander à Cam. Il doit y avoir une théorie de psychologie là-dessus.

Le brunch est à onze heures et je suis déjà en retard. Cela fait partie de ma personnalité. J'ai tout essayé pour

4. Plage aux États-Unis, dans le Maine, État limitrophe du Québec.

me guérir de ce défaut : me convaincre que je dois arriver vingt minutes à l'avance, régler des alarmes pour qu'elles sonnent toutes les deux minutes, avancer l'heure sur les horloges… Rien ne fonctionne. C'est comme si mon cerveau savait que ce n'était pas vrai. En fait, ce n'est pas *comme si…* mon cerveau le sait. J'ai des problèmes, mais je ne suis pas complètement idiot, et j'imagine qu'au fond, je ne suis pas très bon pour me mentir à moi-même. C'est négatif en ce qui concerne mes retards continuels, mais positif dans la vie en général.

Je texte Cam alors que je m'installe derrière le volant.

Max : J'arrive.
Cam : Menteur. Tu n'es pas encore parti.
Max : 😘

Ce qui est pratique, c'est que je vis à trois minutes en voiture de chez Cam. D'habitude, j'y vais à pied. Je connais le chemin par cœur, je pourrais sûrement le faire en fermant les yeux. J'aurais l'air un peu spécial, quoiqu'on habite la basse-ville, dans un quartier où, quotidiennement, il se passe des choses bien plus spéciales qu'un gars qui se promène les yeux fermés.

Elle m'attend au coin de la rue, pour m'éviter de me chercher une place de stationnement, et aussi parce que c'est plus rapide de monter vers le restaurant à partir de là. Le vent frais de septembre s'engouffre dans la voiture quand elle ouvre la portière. Elle porte un manteau d'automne, même s'il ne fait pas encore si froid. L'automne est sa saison préférée, elle devait avoir hâte de le mettre.

— Tu vas avoir chaud avec ça, tout à l'heure.

— Bonjour à toi aussi.

— Bonjour. Tu vas avoir chaud avec ça, tout à l'heure.

— C'est pour me protéger du cœur de glace de ton père.

— Mince, c'est vrai. J'aurais dû mettre ma combinaison de neige alors.

— Honnêtement, je m'attendais à ce que tu y penses.

Elle rit, replie ses jambes contre son ventre. Elle s'assoit toujours dans des positions impossibles, que ce soit dans la voiture, sur le sol ou même sur le divan, la tête en bas pour regarder la télévision. J'aime la comparer à un petit singe, et elle aime faire comme si je l'insultais.

Je vois qu'elle a fait un effort: elle s'est maquillée, s'est lissé les cheveux et, sous son manteau entrouvert, elle porte une blouse marine qui fait ressortir la couleur de ses yeux. Je ne remarque pas vraiment ce genre de choses, d'habitude. Je parle évidemment de son chemisier, parce que ses yeux, eux, sont toujours beaux. Elle m'a confié un jour que c'était son chemisier de premier rendez-vous. Je n'ai pas eu droit à ce chemisier-là, moi, et j'aime le lui rappeler. Elle aime me rappeler qu'on n'a jamais eu de premier rendez-vous. On s'est obstinés longtemps sur ce qui constitue ou non un premier rendez-vous avant d'en venir à accepter, un peu comme Rachel et Ross de *Friends,* dans le fameux épisode du *break* [5], qu'on ne s'entendrait jamais là-dessus.

— Tu es belle.

— Ce n'est pas pour toi.

Elle me fait un clin d'œil. Je sais très bien que tous ses efforts ne sont pas juste pour moi. C'est l'effet produit par mon père. Vous savez comment cela se passe: plus quelqu'un est un salaud, plus les gens ressentent le besoin d'avoir son approbation. Sûrement parce qu'elle est plus

5. Référence à la saison 3, lorsque Ross et Rachel ont décidé de faire une pause dans leur couple.

compliquée à obtenir. J'ai envie de dire à Cam qu'elle n'aurait pas dû, que mon père n'en mérite pas tant, mais elle le sait déjà, alors je me tais. Il faut apprendre à choisir ses batailles. C'est un concept plus difficile à saisir pour elle que pour moi. Peut-être parce qu'elle est une fille et moi, un gars ? Je ne dis pas cela pour être sexiste ; on ne pense juste pas de la même façon, parfois.

— Mes sourcils ne sont pas trop rapprochés ? demande Cam d'un air faussement inquiet.

— Ils sont décents.

— La distance parfaite, tu veux dire.

Elle pose deux doigts sur son front, entre ses sourcils, et elle éclate de rire. Cam rit fort, tout le temps, ce qui est drôle parce que c'est une grande timide. Elle combat sa timidité en déplaçant de l'air et en étant trop dure avec tout le monde. Parfois, je lui glisse que cette habitude qu'elle a de repousser les gens n'est qu'un mécanisme de défense dont elle devra un jour se départir. Et elle me réplique que c'est son job à elle, la psychologie à cinq cennes, et que je ferais mieux de ne pas marcher sur ses plates-bandes.

Je m'engage sur la côte d'Abraham. Il y a du monde sur la route pour un dimanche matin, beaucoup de gens qui vont bruncher avec leur famille, et qui sont sûrement beaucoup plus contents que moi en ce moment. Cam branche son téléphone avec le câble audio qu'elle a acheté pour ma voiture parce qu'elle n'est pas capable de supporter la radio. Elle fait jouer quelque chose de doux, un groupe indépendant, un peu trop hipster à mon goût. Ses choix musicaux sont discutables, mais comme elle m'accompagne ce matin, je laisse la musique jouer sans protester. Il faut choisir ses batailles, comme je disais. Cam m'observe, sourcils froncés :

— Tu files pas* ?

— Pourquoi dis-tu ça ?

— Je mets les Lumineers et tu ne râles même pas.

— Ils ne sont pas si mauvais.

Elle ne répond rien. Je lui jette un regard de côté. Un pli demeure entre ses sourcils éloignés-juste-assez.

— Tu sais, c'est juste un brunch, Max.

— Je sais bien.

— Mais ?

— Il n'y a pas de « mais ».

— Max…

J'essaie de me concentrer sur la route et non sur l'espèce de reflux gastrique qui remonte dans ma gorge chaque fois que je pense à mon géniteur, à ses complets trop noirs, à ses chemises trop lisses, à sa coupe en brosse trop brossée. Il est trop tout, mon père, trop tout ce que je ne suis pas. Il est trop pour moi ; et moi, je ne suis pas assez pour lui. Il est sûrement là, le problème, au fond.

— C'est juste un brunch. Ça va bien se passer.

Je m'écoute et je sais que ce que je dis sonne faux, mais elle n'ajoute rien. Mon père est peut-être trop ; moi, je ne suis peut-être pas assez ; Cam, elle, sait toujours comment être juste en masse*.

CAM

— On va t'en prendre deux autres.

Impassible, Mathilde dépose deux nouvelles pintes de rousse devant nous. On en est chacun à notre troisième. La lumière du bar commence à danser toute seule devant mes yeux aux paupières alourdies. Il n'est pas tard, à peine dix-sept heures, seulement cela finit toujours ainsi, après les brunchs dans la famille de Max. Voilà la vraie tradition : pas le brunch lui-même, mais plutôt la brosse* épique qu'on prend après. Max se soûle pour oublier que sa famille – lire ici son père – désapprouve ses choix de carrière, d'amis, de vêtements, de musique, de coupe de cheveux ; de vie, quoi. Moi, je l'accompagne parce qu'une vraie amie ne laisse pas son meilleur ami boire tout seul. Et aussi parce que c'est dur de voir quelqu'un dénigrer une personne qu'on aime tout un après-midi sans pouvoir répliquer. Je lui donne un petit coup de coude.

— Ce n'était pas si terrible que ça.

Il me jette un regard incertain par-dessus sa pinte avant d'en prendre une gorgée. La mousse reste prise dans les poils drus au-dessus de sa lèvre supérieure. Je poursuis :

— Il n'a même pas mentionné mes ovaires.

— Je sais, j'étais un peu déçu. Je n'ai pas eu l'occasion de parler de ma prostate.

— Ça aurait peut-être mis fin à votre relation.

— Pourquoi penses-tu que je te l'ai proposé ?

— Par altruisme ?

— Tu me connais mieux que ça, beauté.

— C'est vrai.

Max aime jouer la carte de l'enfant unique égocentrique, alors qu'au fond, c'est vraiment un bon gars. Il n'aime juste pas le montrer parce que, selon lui, c'est une preuve de faiblesse. Enfin, je pense. Et aussi parce que cela révèle une douceur qui détonne avec son image de pince-sans-rire au cœur de pierre.

— Tu sais, jusqu'à un certain point, je comprends pourquoi tu continues d'y aller, famille oblige, et tout. Ce que je ne comprends pas, c'est pourquoi tu te laisses encore atteindre par tout ça.

D'un air las, il répond :

— Ça ne t'atteindrait pas, toi, si ton père trouvait que tu étais un échec ? Ou pire, s'il n'essayait même pas de comprendre en quoi sa vision de l'échec pouvait différer de la tienne ?

— Oui. Sauf que moi, je ne hais pas mon père.

— C'est vrai, mais ça, c'est parce que ton père, c'est le meilleur.

On rit un peu dans nos bières. Mon père et Max vivent une *bromance** inégalée dans l'histoire des *bromances*, tissée grâce à l'amour de la pêche, des Patriots de la Nouvelle-Angleterre, des capsules barbecue de Louis-François Marcotte et peut-être, sûrement, de moi. Mon père me répète souvent qu'il serait aux anges si je réalisais enfin que Max est l'amour de ma vie. Dans ce cas-là, j'essaie de lui faire comprendre que je protège leur relation ainsi. En effet, en ne sortant pas avec Max, j'élimine le risque qu'il me brise le cœur. Et je sais qu'aucune victoire des Patriots ou truite arc-en-ciel de taille démesurée ne pèserait assez lourd, dans l'esprit de mon père, pour qu'il en arrive un jour à pardonner à un gars de m'avoir fait de la peine.

— Mon père, c'est vraiment le meilleur.

— C'est vrai, oui. Mais pour faire une fille comme toi, pas le choix.

Son regard s'accroche au mien. Il a l'air drôlement lucide dans son début d'ivresse. Je remarque les paillettes dorées qui brillent dans le vert de ses yeux. Bien sûr, elles sont toujours là, les paillettes, mais ce soir, il me semble qu'elles brillent un peu plus que d'habitude. Ça remue sous ma peau, dans mon estomac, mes muscles et mes organes. Un point chaud, familier, mais différent. Ce n'est pas ce que je ressens normalement, quand je regarde Max. Ou peut-être est-ce ce que je ressens toujours, au fond, et que, généralement, je réussis à me concentrer sur quelque chose qui me refroidit les entrailles. J'ai des années de pratique, après tout.

— On glisse, hein ?

Il le murmure tout bas, si bas que je suis surprise de l'entendre.

— Glisse ?

— En terrain dangereux.

— De quoi parles-tu ?

— Tu ne le sens pas ? Je sais que tu le sens. Là.

Il met une main sur son ventre, juste au-dessous de son nombril. Exactement là, oui.

— Arrête, s'il te plaît.

Ma voix sonne toute petite à mes oreilles. Ses yeux cherchent les miens, mais je les évite.

— Pourquoi ?

— Tu le sais.

— Dis-moi juste que tu le sens.

— Qu'est-ce que ça changerait ?

Il prend une gorgée de bière, passe une main dans sa barbe. Cela me donne le temps de respirer un peu. Juste assez pour empêcher l'explosion. Ou l'implosion, je ne sais pas.

— J'ai l'impression que je ne fais jamais rien de correct. Aujourd'hui, plus que d'habitude. J'ai envie… j'ai envie de réussir. Je pense que ça, ça pourrait marcher. Ça a du sens ?

— Oui, mais non.

— Oui, mais non ?

— Oui, ça a du sens ; mais non, mauvaise idée. Tu ne sais pas ça encore, que ce n'est pas bon de prendre des décisions sur un coup de tête après un choc traumatique ?

— Je n'irais pas jusqu'à appeler ce que j'ai vécu un choc traumatique.

Le silence retombe entre nous. Les lumières du bar jouent sur son visage. Sa peau est parsemée de taches de rousseur qui apparaissent et disparaissent au gré des saisons. L'été encore récent les avait fait ressortir. Elles pâlissent déjà. Bientôt, il n'en restera plus que des souvenirs. Comme cette conversation. Ce n'est pas la première fois qu'on danse sur la ligne, Max et moi. Depuis qu'on se connaît, c'est arrivé souvent. On est des funambules d'expérience. Chaque fois, on parvient à revenir sur le fil, à éviter la chute. Je pense que c'est ce qui fait la force de notre amitié. C'est peut-être aussi une grande erreur, mais je ne suis absolument pas prête à sacrifier tout ce qu'il y a de fort dans notre relation pour le bourgeon d'un bonheur hypothétique. Je suis heureuse avec Max comme ami dans ma vie. Je le serais peut-être encore plus si Max était l'amour de ma vie, mais l'amour d'une vie existe-t-il vraiment, de toute façon ? Je n'ai pas envie de tout risquer pour connaître la réponse. Je peux vivre avec un peu, alors que je ne survivrais pas avec rien du tout.

Max prend une nouvelle gorgée puis se penche vers moi.

— C'est bon, Cam, j'arrête. Détends-toi.

Il sourit, d'un sourire un peu triste, et recouvre ma main de la sienne. Max a des paumes grandes comme l'univers. Parfois, quand je ne vais pas bien, j'aime imaginer que je m'y roule en boule et que j'oublie le reste du monde. Je ne lui parle pas de tout cela. Il y a des choses qu'il vaut mieux garder pour soi.

MAX

La première fois que j'ai vu Cam, j'ai pensé pendant au moins deux grosses minutes que je venais de rencontrer la femme de ma vie. C'était un mardi soir. Je m'en souviens, parce qu'il y avait une promotion sur les bières – une achetée, une offerte – jusqu'à dix-neuf heures au restaurant à deux rues de chez moi, et que c'était la raison pour laquelle on était allés là pour notre double *date**, Vic et moi. Vic, mon meilleur chum*, voyait rarement des filles, ou plutôt, il en voyait souvent, cela dit rarement les mêmes. Je n'étais pas non plus un modèle de monogamie, même si je sortais avec Florence, ma blonde* de l'époque, depuis quelques mois déjà. Pour la première fois, Vic et moi avions des blondes à peu près stables au même moment. Ce soir-là était censé être un événement, et il l'a été, mais pas pour les raisons auxquelles on aurait cru au départ.

J'ai pensé que Cam était la femme de ma vie durant deux minutes, pas plus, parce que c'est le temps que cela a pris à Vic, son chum, pour stationner la voiture. C'est également le temps que cela a pris pour que ma blonde revienne des toilettes. Voilà ce qu'était le double *date*. Ironique, non ?

On ne se montrait pas vraiment de photos de nos petites amies, Vic et moi ; Facebook existait, évidemment, mais je n'y étais pas très assidu, encore moins que je le suis aujourd'hui, d'ailleurs, et puis je me moquais un peu de quoi avait l'air la nouvelle blonde de mon chum. Il semblait l'aimer bien et ne voyait pas d'autres filles en même temps, c'était déjà beaucoup.

Elle est entrée dans le restaurant, les cheveux détrempés par la pluie torrentielle, et le visage propre, parce que c'est le genre de fille qui ne porte pas vraiment de maquillage, ce qui lui évite bien des dégâts lorsqu'il pleut. Elle rit encore, quatre ans plus tard, quand je lui parle de son visage propre. Elle me répète que c'est le pire compliment de la terre. Elle ne comprend pas que, pour moi, cela a été comme une bouffée de fraîcheur dans un ciel humide du mois de juillet. Pas juste à cause de son visage nu, dépourvu d'artifice, mais aussi de sa vivacité, de son audace. Elle ne comprend pas parce que je ne lui ai jamais expliqué, sûrement. Je ne sais pas. Je n'aime pas me demander ce qui se serait passé si j'avais montré plus de courage au début de ma relation avec Cam.

Cette soirée-là, j'ai à peine eu le temps de la trouver belle avant de réaliser qui elle était, mais elle, elle m'a reconnu tout de suite. C'est clair que de son côté, elle m'avait déjà espionné en ligne. Elle s'est approchée et s'est glissée sur la banquette devant moi.

— Quel temps de chien, a-t-elle lâché en retirant son manteau dégoulinant.

— Il pleut?

Elle m'a regardé comme on regarde quelqu'un qu'on connaît déjà, et elle a souri, mais juste avec une moitié de sa bouche. J'ai eu envie de connaître les secrets de la moitié qui ne souriait pas.

— Non, Vic n'a juste pas arrêté de me cracher dessus durant le trajet.

— C'était désagréable?

— Non, ça m'a plu. C'est l'après qui est plus difficile.

— Il m'avait prévenu aussi que tu étais une fille spéciale.
— Et encore, il n'a rien vu. Imagine.
— Aïe.
Je devais faire une drôle de tête, car elle a ajouté :
— Quoi ? Je pensais que tu aimais ça, les spéciales ?
— Qui a dit que je n'aimais pas ça ?
— Tu n'as pas l'air d'un gars particulièrement content.
— Peut-être que je suis juste un gars jaloux ?
Elle n'a pas répondu, mais l'autre moitié de sa bouche s'est étirée. Ça a cliqué*. Je ne peux pas l'expliquer. On croise des centaines de personnes chaque semaine, chaque jour : dans la rue, à l'épicerie, au bureau, autour de la machine à café. Tant de gens, de personnalités différentes qui ont chacune leur valeur et leur intérêt, mais cela n'arrive que quelques fois dans une vie de rencontrer quelqu'un et… boum ! notre cœur et notre âme reconnaissent cette personne, immédiatement. Ce soir-là, en deux minutes, quelque chose en moi a reconnu Cam, et j'ai pensé : « Ah, c'est elle, celle que j'attendais. »

C'est drôle aussi, pas drôle au sens drôle-drôle, plus dans le sens de dommage, parce que, quatre ans plus tard, Florence n'est plus dans le décor et mon chum Vic non plus. Seule Cam est restée, même si j'ai souvent l'impression que, malgré tout le temps qu'on a passé ensemble, c'est de ces précieuses minutes du début qu'on a manqué.

CAM

« Vous avez une nouvelle affinité avec Jordan. »

Je lis la notification sur mon téléphone et je n'ai même pas envie d'aller voir qui est ce Jordan. Je n'aime pas Tinder. J'ai l'impression que je feuillette un catalogue, que je suis comme dans un buffet de visages. Après une séance de défilement, je me sens exactement comme quand je sors d'un buffet chinois : un peu nauséeuse, lourde et dégoûtée de moi-même. Ce que je trouve le plus dommage avec cette application, c'est qu'il y a probablement là-dedans beaucoup de gars à qui je donnerais une chance dans la vraie vie. Si l'un d'eux avait l'occasion de m'approcher, si je pouvais sentir sa *vibe**, découvrir comment mon corps réagit au sien, voir si son sourire illumine ses yeux d'une manière inattendue, s'il passe une main dans ses cheveux quand il est nerveux, s'il a le genre de rire qui me donne envie de rire moi aussi. Toutes ces petites choses qui vont au-delà de quelques photos.

Et puis, c'est facile de se vendre d'une certaine façon en ligne. On ne peut donc pas toujours se fier à la première impression : un cactus, c'est joli. N'empêche qu'il pique, quand on s'y frotte. C'est difficile de savoir si quelqu'un est intéressant quand on n'a presque rien sur quoi se baser. Sur Tinder, quand on est une fille, on a généralement droit à une photo d'un visage, la plupart du temps placé dans une voiture et coiffé de lunettes de soleil et d'une casquette à l'envers. On a affaire à des gars qui aiment « le plein air, la bonne bouffe et rire ». *Rire*. Est-ce que c'est vraiment quelque chose qu'il faut spécifier ? Existe-t-il vraiment des gens qui n'aiment pas rire ? Parfois, j'ai envie d'écrire dans mon profil que je cherche une personne paresseuse, qui mange des cochonneries et qui n'aime pas rire, parce qu'elle sait à quel point la vie peut être cruelle. Je ne me retrouverais probablement pas avec quelqu'un qui me ferait triper*, mais au moins, il aurait le mérite d'être honnête.

— Eh, tu as un *match* ! Va donc voir qui c'est.

Valérie se penche pour attraper mon téléphone. Je suis plus rapide, et je le place sur mes genoux, hors de sa portée.

— Je ne suis pas sûre que ça me tente.

Je suis assise à une table du café où je travaille, en compagnie de Valérie, une de mes meilleures amies. Je passe ma vie ici. Quand je ne travaille pas, j'étudie ; quand je n'étudie pas, je travaille. Et entre deux-trois moyens-lattés-écrémés-semi-sucrés, mes amis viennent parfois faire un tour pour me soutenir dans mon absence de vie, que je camoufle derrière un amour simulé pour le café raffiné. Au fond, c'est vrai que je suis un peu une hipster, mais entre l'idée qu'on se fait de la vie d'une barista et la réalité, qui est de devoir servir des lattés à longueur de journée à des étudiants blasés, il y a tout un monde.

— Tu es bien morose aujourd'hui, toi. Ça ne va pas ?

Je lève les yeux vers Valérie. Elle me regarde avec ses grands yeux foncés à l'expression mi-soucieuse, mi-intriguée, au-dessus de ses lunettes Ray-Ban noires, le modèle classique. Ses boucles sombres encadrent joliment son visage. Avec mes cheveux châtain clair et mes yeux bleus, je suis son opposée. C'est sans compter que nos personnalités sont aussi différentes que nos physiques.

— Non, ça a pas rapport*. Tu sais que je n'aime pas ça, Tinder.

En fait, j'ai installé l'application pour lui faire plaisir, parce qu'après quelque huit ans et des poussières de vie de couple, par définition, elle a perdu le droit d'être ajoutée au catalogue. Mais comme on dit, ce n'est pas parce que tu es au régime que tu ne peux pas feuilleter le menu. J'ai une théorie selon laquelle ce sont les gens en couple qui ressentent le plus d'excitation à naviguer sur Tinder. Ils aiment y aller en secret, juste pour jouer, tout en sachant que cela ne les engage à rien et qu'ils peuvent se coucher contre leur partenaire l'esprit tranquille, le soir, en n'ayant pas l'impression d'avoir magasiné* ailleurs. Valérie, pour sa part, se contente de vivre ce plaisir par procuration, en essayant sans cesse de me matcher avec un des visages du buffet.

— Je ne pensais pas à Tinder, je te parlais en général, commente-t-elle en tripotant la couture de son manteau.

— Ça va. Je suis fatiguée.

— Tu as viré une brosse en fin de semaine* ?

— Un peu. C'était la fête du père de Max.

— Et donc ?

— Et donc, il hait son père.

— Je ne suis pas sûre de comprendre.

— Ce n'est pas grave. Je suis allée avec lui au brunch et on s'est pris une cuite après. Il fallait bien que je le soutienne.

Elle me gratifie d'un de ses regards perçants, le regard à la Valérie, celui qui comprend tout ou, du moins, qui est assez intrusif pour que, même si elle n'a pas compris, il nous cloue au plancher jusqu'à ce qu'on avoue un crime qu'on n'a même pas commis. Valérie est comptable, mais je lui dis souvent qu'elle aurait pu faire carrière dans les services secrets, si seulement elle avait été un peu plus aventurière. J'essaie d'échapper à son regard, en vain. Je finis par demander :

— Quoi ?

— C'est la brosse avec Max, ou juste Max, qui te met dans cet état-là ?

— Val…

— Je sais, ce n'est pas la première fois que je te le dis, mais…

— Val !

— C'est bizarre, votre affaire.

— Toi, tu es bizarre.

— OK, très mature.

Je lui lance ma serviette roulée en boule et on rit un peu, pas trop fort, pour ne pas déranger les autres étudiants autour, mais cela me fait du bien quand même. Valérie, comme la majorité de mes proches – mon père, ma sœur –, n'arrive pas à comprendre la relation qui m'unit à Max. C'est difficile à expliquer, encore plus à quelqu'un comme Val, parce que c'est la fille qui a déjà une maison, avec un chum qui s'occupe du grill lors des barbecues estivaux ; qui rêve d'une famille, de minihumains qui courent partout et de taches de purée de carottes sur de petits pyjamas à pattes. Toutes ces choses qui me font dresser l'échine juste à y penser, qui me donnent envie de fuir, sans jamais me retourner. J'ai l'âme nomade, j'ai peur de m'attacher, je suis un voilier. Valérie, c'est une ancre. On ne se comprend pas, même si l'on s'aime fort. Surtout, on s'accepte. On n'a pas vraiment le choix, ou plutôt, on choisit de le faire, je suppose. Elle est là, la différence, sûrement. C'est la seule façon dont je peux m'expliquer notre amitié, qui perdure depuis le début de nos études universitaires, pendant son unique session en psychologie, avant qu'elle réalise qu'elle était plus une personne de chiffres que de gens.

Pour en revenir à Max, Valérie sait que je l'aime, encore qu'elle soit incapable de comprendre comment cet amour peut se limiter à une relation d'amitié. Il y a une connexion qui ne se fait pas dans son cerveau, quand elle pense à lui et moi. C'est comme essayer de décrire la couleur rouge à un aveugle. Selon Valérie, il n'est pas possible d'aimer un gars de manière non romantique. Les affectionner, les apprécier, sûrement; pas les aimer d'amour, pas comme j'aime Max. Pour elle, les hommes, ce sont des partenaires de vie. Des partenaires de cœur et de corps. C'est indissociable. Les amis, ce sont surtout des filles; c'est moi, avec qui elle prend des cafés, sort dans les bars (rarement) et parle des hommes (souvent). Elle ne comprend pas la manière dont Max est essentiel à ma vie.

Reste qu'aujourd'hui, elle a raison quand elle insinue que c'est la situation avec Max qui me perturbe. Quand il me regarde comme il l'a fait hier soir, quand il secoue les choses ainsi, je suis toujours un peu déstabilisée. Une chance que cela n'arrive pas souvent.

Valérie continue de m'observer quelques instants puis abandonne la partie.

— Bon, j'ai compris, tu ne veux pas en parler.

— Tu es perspicace. Comment as-tu deviné?

— Un feeling, je suis intuitive. C'est correct, parce que moi, j'ai des nouvelles.

— Vas-y, raconte.

— Tu vas un peu capoter*.

— Eh bien, qu'est-ce que c'est? Allez, crache le morceau.

Elle se penche sous la table et fouille dans sa sacoche avant d'en ressortir un petit objet rond et brillant qu'elle se passe au doigt le plus important de la main gauche. Et je ne parle pas du majeur.

— Non…

— Si, madame. Dave m'a fait la demande hier.

— Non !

— Si !

— Oh, mon Dieu !

J'y mets toute l'émotion que je peux. Cela sonne vrai, je pense. *C'est* vrai, je pense.

Je me lève et vais la serrer dans mes bras. Les mariages, ce n'est pas mon truc, seulement Valérie est une de mes meilleures amies et elle mérite d'être heureuse, alors mon étreinte et mon enthousiasme ne sont pas faux. De son côté, elle sait bien que je fais de mon mieux, que je suis contente pour elle, même si je ne la comprends pas. Elle a l'air émue, elle sourit, du sourire de quelqu'un qui est reconnaissant d'être soutenu dans ses choix. On se rassoit et je la regarde briller cent fois plus que n'importe qui ou quoi dans le café.

— Oh, c'est fou.

— Je sais. On veut le faire au printemps.

Là, j'ai du mal à cacher ma surprise.

— Si tôt ?

— Oui. Pourquoi attendre ?

— Je ne sais pas, j'ai toujours imaginé que tu étais une fille qui prendrait son temps pour planifier tout ça.

— Oui, mais je le planifie depuis longtemps. Dave est d'accord. Il sait dans quoi il s'embarque de toute façon, ce n'est pas comme s'il ne me connaissait pas.

— Dave est un saint.

— Ne lui dis pas ça, ça va lui enfler la tête.

Elle prend la dernière gorgée de son latté, me regarde d'un air timide.

— Quoi ?

— Je suis contente que tu sois contente.

— Enfin, voyons, Val, tu pensais vraiment que je ne le serais pas ?

— Non, mais je sais bien que ce n'est pas ton truc.

Je pose ma main sur la sienne. Le diamant de la bague est froid contre ma paume, mais sa main est chaude.

— Ce n'est pas moi qui me marie, c'est mon amie préférée.

— Ah, faque*, c'est moi, ça? Je pensais venir en deuxième…

Je retire ma main et regarde ailleurs, mal à l'aise. Valérie me sourit avec tendresse.

— Je tire un peu trop sur la corde, hein ?

— Tu ne serais pas mon amie préférée si tu ne le faisais pas.

— Oui, peut-être. Bon, laisse-moi un peu jouer à Tinder pour toi. Ça va me distraire et m'empêcher de dire d'autres niaiseries.

Elle sait que ce ne sont pas des niaiseries, ce qu'elle dit, et je sais qu'elle meurt d'envie d'insister encore un peu. Mais elle ne serait pas ma préférée si elle ne savait pas quand s'arrêter.

MAX

La fille qui prend ma commande au McDo s'appelle Stéphanie, du moins c'est ce qui est écrit sur son badge qui a l'air tout neuf. Elle a de grands yeux bruns bordés d'*eyeliner* – eh oui, je sais ce que c'est. Je n'ai peut-être pas de sœur, mais j'ai fréquenté assez de filles pour avoir, malgré moi, des bases assez solides en maquillage.

Ladite Stéphanie a un air qui me rappelle vaguement celui d'un animal égaré, comme une biche en plein milieu d'une autoroute. Sauf que l'autoroute est l'arrière d'un comptoir de McDo, et la biche, une fille qui est en train de se demander comment elle a pu se retrouver ici, dans l'odeur de patates frites graisseuses et d'œufs McMuffin trop cuits. Elle m'observe du coin de l'œil, le comportement classique d'une fille qui aime ce qu'elle voit, sans oser le montrer. Cela flatte toujours ma fierté de mâle quand une fille me trouve de son goût. Je lui fais un clin d'œil et ses joues virent de la même couleur que les cheveux de Ronald. Elle n'est pas particulièrement belle, mais pour moi, cruiser* n'est pas seulement le fun* quand je veux la fille. La plupart du temps, d'ailleurs, je n'ai pas vraiment de finalité précise en tête: je ne cherche pas obligatoirement à avoir un numéro ni même à coucher. Si cela m'y mène, tant mieux, sinon, cela ne me dérange pas. C'est le jeu que j'aime, la confirmation que je plais. Cam est énervée quand je fais cela. Elle dit que je sais déjà que je suis mignon, que je n'ai pas besoin de séduire les filles de cette façon. J'ai déjà essayé de lui expliquer que je ne promets pas la lune à une fille quand je lui fais un clin d'œil, je profite simplement du fait que je peux faire des clins d'œil sans avoir l'air d'un colon*. Ce n'est pas donné à tout le monde. Mais pour Cam, cela veut dire plus, cela voudra toujours dire plus. Elle, elle ne se lance pas pour le fun, pas comme moi. Parfois, je la soupçonne d'être un peu jalouse. On n'en a jamais parlé, parce que, même après plus de quatre années d'amitié, il y a des sujets qu'il vaut mieux reléguer dans la section « ne pas discuter ».

Stéphanie me donne mon menu et je lui souris, un peu par compassion pour son job ingrat, un peu parce que la première fille avec qui j'ai couché s'appelait Stéphanie, et que, depuis ce jour, j'ai toujours eu un faible pour les filles qui portent ce prénom.

J'avais quatorze ans la première fois que j'ai couché avec une fille. Elle en avait seize, et c'est ainsi que j'ai assuré ma réputation de gars cool jusqu'à la fin de mes études secondaires. Je ne l'ai pas crié sur tous les toits, ce n'est pas mon genre, mais ces affaires-là finissent toujours par se savoir, surtout au secondaire. En fait, cela finit toujours par se savoir, peu importe l'âge. Pour survivre, l'être humain a besoin d'oxygène, d'eau, de nourriture… et d'une bonne dose de potins.

J'étais grand pour mon âge à l'époque, et j'avais déjà acquis la fausse confiance qui me caractérise encore aujourd'hui. Oui, oui, fausse confiance. Je peux compter sur les doigts d'une main les gens qui me croiraient si j'osais avouer qu'au fond, je me pose des tonnes de questions, que je peux être ultra anxieux et que, parfois, j'ai la tête qui tourne tellement que je suis incapable de m'endormir. Avec les années, j'ai appris à transformer ces blocs d'insécurité en un mur blindé, à tel point qu'il m'arrive de me coucher épuisé d'avoir maintenu ce mirage toute la journée. C'est éreintant de faire semblant d'être fort tout le temps.

Revenons à ma première Stéphanie… et surtout à son corps de déesse. C'est elle qui m'a appris comment faire plaisir à une femme, et je ne parle pas ici de fleurs ou de chocolats. C'est aussi elle qui m'a appris, indirectement, que la meilleure façon de séduire une fille, c'est de lui faire croire que tu ne veux pas d'elle. Je sais, ce n'est pas très cool, de jouer ce jeu-là. Ça fait peut-être de moi un coureur de jupons ; j'imagine que beaucoup de filles que j'ai fréquentées le pensent, mais je n'ai jamais prétendu le contraire. Cam dirait que ce n'est pas mieux de me cacher derrière mon honnêteté pour me déculpabiliser d'avoir brisé des cœurs. Elle peut être dangereusement lucide, Cam, surtout quand il est question de cœur brisé. Je crois que c'est parce qu'elle en a trop connu, des gars comme moi, des gars pas corrects, des gars qui s'intéressaient à leurs seuls besoins et pas aux siens. Cam, c'est le genre de fille qui fait passer les autres en premier. C'est à peu près la plus belle qualité qu'une personne peut avoir, même si cela fait aussi d'elle un véritable aimant à gars égocentriques.

Je n'aime pas trop réfléchir à tout cela. Cela me rend plus triste de savoir qu'un seul gars a brisé son cœur à elle que de penser à tous les cœurs que j'ai moi-même malmenés. Peut-être est-ce pour cela que je suis vraiment un coureur de jupons ? Mais je n'aime que quelques personnes dans la vie, et je n'ai pas le cœur de m'occuper du reste.

Bon, Stéphanie, maintenant. Je vais la terminer, finalement, mon histoire. Je la voyais souvent à la cafétéria, le midi, et moi et mes chums de gars, on se plaisait à se raconter ce qu'on lui ferait, comme si nos mains avides et malhabiles d'adolescents en pleine puberté auraient réellement su comment s'y prendre. Il y a à la fois quelque chose de beau et de complètement ridicule dans cette naïveté de jeunesse. Reste qu'un jour, j'ai décidé que j'allais arrêter de me toucher le soir en pensant à ses seins plus gros que ma tête et que j'allais agir. Donc, j'ai cruisé ses amies. C'est la plus ancienne technique d'approche de l'histoire de l'humanité, je le sais bien. Au fil du temps, et des filles, j'ai amélioré mon art, et j'ose croire que je suis plus subtil, aujourd'hui, bien que le principe reste le même.

C'est donc avec Stéphanie que j'ai testé cette tactique pour la première fois. Je m'arrêtais à la table où elle dînait avec ses amies et je parlais à toutes les filles sauf à elle, je les complimentais sur leurs cheveux, leurs souliers, leurs nouvelles vestes Baby Phat. Feu les années 2000.

Après quelques semaines de ce traitement, elle m'a intercepté un soir, alors que je sortais de l'école. Skateboard sous le bras, casquette à l'envers, cœur qui se débat comme un lion en cage, j'ai essayé d'avoir l'air décontracté quand elle a posé sa main sur mon torse et que la chaleur de sa peau s'est répandue jusqu'à la partie la plus mâle de mon anatomie. Elle a attaqué sans attendre :

— C'est quoi, ton problème ?

— Pardon ?

— Tu parles à tout le monde sauf à moi.

— Euh, non…

— Si.

— Je ne sais pas quoi te dire, Stéphanie.

— Oh, au moins tu connais mon nom.

— Évidemment, je connais ton nom. Tout le monde connaît ton nom.

Je la fixais droit dans les yeux, et j'imagine qu'elle l'a pris pour de la belle arrogance. En réalité, j'essayais de ne pas regarder sous son menton, afin que la chaleur qui se propageait dans mes veines ne se transforme pas en ce genre de feu qui rend un homme gêné assez rapidement. Le genre pas trop subtil qui m'aurait fait perdre tout le terrain que j'avais si vaillamment gagné.

— Donc tu ne planifiais pas de me cruiser ?

— Honnêtement ? Non.

Elle a fait la même tête que si je venais de la gifler. J'ai eu peur, je me suis demandé si j'étais allé trop loin, mais j'ai résisté à la tentation de tout lui avouer. Ce n'était pas le moment de flancher, si près du but.

— Pourquoi ?

C'est là que j'ai compris à quel point Stéphanie était une fille confiante. Pour elle, ce n'était même pas une option qu'un gars ne soit pas intéressé. Elle voulait savoir la vraie raison. Donc je la lui ai révélée, en partie.

— Je ne pense pas que tu as besoin d'un autre gars qui te répète à quel point tu es belle.

Elle a souri, le genre de sourire qui contient un secret. C'est là que j'ai su que j'avais gagné.

— Je ne suis pas juste belle, tu sais.

— Ah ?

— Je suis bonne, aussi.

Pris de court, je n'ai pas su quoi répondre. Stéphanie venait de gagner, à son tour.

Trois jours plus tard, Stéphanie m'invitait chez elle. Ses parents n'étaient pas là, c'était le milieu de l'après-midi, il faisait un gros soleil dans sa chambre de petite fille. Cet après-midi-là, la peau pleine de lumière de printemps, Stéphanie m'a appris les choses qui transforment un garçon en homme.

CAM

J'étais très jeune quand j'ai perdu ma mère, à peine neuf ans. Elle aussi était jeune, pour mourir, je veux dire. Quarante-deux ans, cancer du col de l'utérus qui a fini par se généraliser. Des milliers de métastases, fabriqués à même son corps, la trahison ultime, quand on y pense. Le diagnostic était tombé en mai. Un mois plus tard, c'était terminé.

C'est relativement rare, de nos jours, qu'une fille de 25 ans n'ait plus sa mère. Les gens sont toujours un peu mal à l'aise quand ils l'apprennent, comme s'ils devaient s'excuser d'avoir osé me parler d'elle, comme si c'était leur faute qu'elle ne soit plus là. Ils me regardent comme s'ils craignaient que je m'effondre devant eux. Ils n'ont pas à s'inquiéter. Depuis seize ans que je vis sans elle, je n'en suis plus à un effondrement près. Le fait de penser à elle ne me fait plus fondre en larmes, sauf les 18 juin, date de sa mort, qui sont toujours plus difficiles à vivre. Je ne sais pas vraiment pourquoi, en fait. Ce n'est pas comme si elle me manquait plus le 18 juin que le 23 octobre. C'est peut-être parce que cela me force à m'y arrêter, alors qu'en général, je n'y pense plus tous les jours. Ou si j'y pense, cela ne me rend plus particulièrement malheureuse. La tristesse s'amenuise avec le temps, elle perd de son intensité, comme une photo jaunie dont les couleurs deviennent moins claires, moins vives.

Ce qui me fait peur, en revanche, c'est de l'oublier. Pas son visage, non, parce qu'il est facile de me le remémorer à cause des photos ; plutôt les autres détails, comme les intonations de sa voix, la tendresse de ses étreintes, son rire qui résonnait fort dans une pièce… un peu comme le mien, je crois, même si je n'en suis plus certaine. Parfois remontent en moi des éclats de souvenirs : un film regardé sur ses genoux, ses doigts dans mes cheveux, l'odeur particulière de sa fameuse sauce à spaghetti*, la façon que mon père et elle avaient de danser collés dans le salon en écoutant du jazz, tard le soir, quand ils pensaient que nous étions endormies, ma sœur et moi. Ce sont des souvenirs furtifs, qui apparaissent aussi vite qu'ils s'en vont. Avec le temps, j'ai appris à les laisser venir et, surtout, à les laisser aller.

Ma petite sœur, elle, venait d'avoir cinq ans quand notre mère est décédée, et je crois que cela a été plus dur pour elle, et en même temps plus facile, peut-être. Plus dur, parce qu'elle n'a jamais vraiment eu de mère ; plus facile, parce qu'elle ne l'a pas assez connue pour s'en ennuyer. Je ne sais pas ce qui est le plus difficile, au fond. De toute façon, ce n'est pas quelque chose dont on discute souvent, elle et moi. Sophie est une vraie nomade. Elle vit dans une ville différente chaque mois et ne semble pas près de revenir au Québec. Elle ne l'avouera jamais, mais moi, je crois qu'elle fuit quelque chose dont elle-même ignore la nature. Fuit ou recherche, enfin je ne sais pas trop. Peut-être que j'aurais dû lui parler plus souvent de notre mère.

Quant à mon père, il aurait pu réagir de plusieurs façons au décès de ma mère. Devenu père célibataire de deux filles, dont une encore trop jeune pour comprendre tout ce qui se passait, il aurait pu sombrer dans une dépression profonde, noyer sa peine dans des bouteilles d'alcool fort. Il aurait aussi pu courir de femme en femme, cherchant de l'affection et de la chaleur humaine auprès d'inconnues ; un remplacement temporaire, à défaut de pouvoir tout gérer lui-même. Ou encore, il aurait pu se murer dans le mutisme et la froideur, se détacher de tout pour ne pas ressentir le chagrin de la perte de la femme la plus importante de son univers, même avant nous, j'en suis encore certaine à ce jour. Nous sommes les personnes les plus importantes pour notre père, Sophie et moi, mais jamais nous ne remplirons le vide laissé par la femme de sa vie. Ce n'est pas le même genre d'amour, ce n'est pas comparable.

Mon père aurait pu faire beaucoup de choses, mais il a simplement décidé qu'il serait tout pour nous. Notre mère et notre père. Jamais je ne pourrai lui exprimer à quel point je lui suis reconnaissante. Jamais il ne me le demanderait non plus. Cela fait partie du tout, un amour inconditionnel et non quantifié. Mon père ne nous aime pas pour qu'on l'aime en retour, et c'est pourquoi on l'aime si fort, justement.

MAX

— Encore en train de cruiser ?
— Peut-être bien.
— Quel est son nom ?
— Éric.
— Câline*, Max ! Tu es bête.
— Je sais. Mais au moins, je suis mignon.

Anne pouffe de rire au-dessus de son potage, tandis que je range mon téléphone dans ma poche. Autour de nous, la petite salle à manger se remplit à vue d'œil.

J'aime vraiment la *vibe* de mon lieu de travail. C'est jeune, moderne, beau sans se prendre au sérieux. Un peu comme moi, au fond. C'est d'ailleurs une des raisons pour lesquelles j'ai choisi cette firme de relations publiques en particulier. J'ai eu quelques offres intéressantes quand j'ai terminé ma licence, il y a trois ans. J'aurais pu aller travailler quelque part en haute-ville, choisir quelque chose de plus sophistiqué, de plus payant, aussi. J'aurais pu également aller à Montréal. J'avais reçu une offre d'une grosse firme, dont les bureaux s'élevaient en plein centre-ville, et j'ai beaucoup hésité avant de refuser. En fin de compte, j'ai opté pour la plus petite firme, située dans Saint-Roch. Le salaire est bien. Même s'il n'est certainement pas aussi compétitif que celui qu'on m'aurait proposé ailleurs, je n'ai pas à me plaindre. Mon père, si je lui en avais parlé, aurait affirmé que je manquais d'ambition. Cam, pour sa part, a jugé que j'avais peur de mon propre succès, celui que j'aurais pu avoir dans une grande entreprise, à travailler pour de gros clients. Pour ma part, j'ai toujours été d'avis que j'ai tout simplement eu un coup de cœur pour la boîte et pour les gens. Et je n'ai jamais regretté mon choix. C'est sans doute parce que je ne tiens pas à avoir une super carrière et que je cherche juste à être heureux. Le bonheur est une forme importante de succès, selon moi. C'est difficile à expliquer à mon père, et à Camille aussi. Pas parce qu'elle ne veut pas être heureuse, au contraire. Seulement, je la crois plus capable que moi de sacrifier son bonheur à son travail.

Anne fouille dans son sac isotherme, pose sur la table un sachet de congélation rempli de biscuits de toutes formes devant moi et m'incite du regard à me servir. J'hésite. Ils ont l'air d'avoir passé au moins dix minutes de trop au four.

— Il y en a un pour toi.

— Oh, tu n'aurais pas dû.

— C'est Eva qui les a faits.

— Ah ben là, ça change tout.

Eva, sa fille, a à peine neuf ans. Anne l'amène souvent au bureau lors des journées pédagogiques. Même si j'ai de grands doutes sur ses aptitudes culinaires, Eva est un amour, alors j'ouvre le sac, je choisis le plus petit biscuit et j'en prends une grosse bouchée. Il a un arrière-goût de four. Anne sourit. Je pense qu'elle retire un peu de plaisir de ma souffrance.

Anne, notre graphiste, est la maman non officielle de tous les employés du bureau. Selon moi, il existe deux types de femmes. Il y a celles chez qui l'instinct maternel est très fort, qui, avant même d'avoir des enfants, se comportent toujours comme les mamans de leurs amis. Le genre de filles toujours prêtes à aider, qui ne sortent jamais de chez elles sans traîner des collations, des Advil ou des pansements dans leur sacoche. Et il y a celles qui ne savent pas vraiment comment porter un bébé, qui le tiennent à bout de bras et qui deviennent blanches quand il commence à pleurer. En ce qui concerne Anne, elle devait sans aucun doute être une amie-maman avant d'être une maman-maman. C'est sûrement pour cette raison qu'elle a adopté Eva quand elle a compris qu'elle ne pourrait pas avoir d'enfant. Parfois, la vie fait mal les choses. C'est triste que tant de gens aient des enfants sans les vouloir vraiment, alors que d'autres rêvent d'en avoir et n'y arrivent pas. Mais dans le cas de ma collègue, cela a permis à une petite orpheline de se retrouver avec une mère aussi fabuleuse qu'Anne. C'est beau de les voir ensemble.

Je continue de manger péniblement mon biscuit en espérant qu'Anne ne m'en offre pas un deuxième. Je suis gentil, mais jusqu'à un certain point. Elle m'observe, une lueur d'amusement dans ses petits yeux bleus.

— Tu sais, Eva s'est fait un chum.

— Ouf, pas déjà !

— Eh oui. Comme quoi, il n'est jamais trop tôt pour les mettre en garde.

— Contre quoi ?

— Contre les garçons qui pourraient lui faire du mal.

— L'inverse, ça arrive aussi parfois.

— Ça t'est déjà arrivé ?

Elle prend un air incrédule. Je souris. Anne me connaît bien. J'aime lui parler de mes rendez-vous parce qu'elle peut être totalement objective dans ses commentaires. Elle est mariée, maman et comblée. De toute façon, je ne suis pas son genre. Son mari est policier et sérieux comme un pape. Je réponds :

— Ça peut nous arriver à tous de blesser quelqu'un. Je pense que c'est rarement le but, par contre.

— Tu as sûrement raison, mais tu sais, dans les relations, l'intention, ça compte pour bien peu. C'est surtout le résultat qui importe.

J'avale la dernière bouchée de mon biscuit carbonisé, un peu perturbé par les paroles d'Anne. Je n'avais jamais vu les choses de cette façon. Elle a raison, au fond : jurer qu'on ne voulait pas faire de peine à quelqu'un ne permet pas vraiment de se déculpabiliser de toute la douleur qu'on a pu causer. Cela ne plaide pas trop en ma faveur.

Anne devine mon malaise, car elle ajoute :

— Eva a juste neuf ans. Il lui reste encore quelques années avant de vivre des déboires amoureux.

— Je lui souhaite. Neuf ans, c'est un peu tôt pour être désillusionnée.

— Et toi, tu es désillusionné ?

— Je ne sais pas trop. Peut-être. Ça expliquerait bien des choses.

Elle garde sa cuillère dans sa bouche un moment, songeuse.

— Tu sais, Max, je ne pense pas que tu sois désillusionné. Tu n'es peut-être juste pas prêt. Un jour, tu vas rencontrer une fille, et tu vas le savoir, c'est tout.

Avant que je puisse répondre, Julie, une autre collègue, se joint à nous et engage avec Anne une conversation à propos d'une émission de télévision dont je ne connais rien. Je les écoute distraitement. Les paroles d'Anne me trottent dans la tête. J'ai une pensée pour Cam, pour la première fois où l'on s'est rencontrés, où j'ai eu le sentiment que c'était une personne que je ne pouvais pas me permettre de perdre. Est-ce qu'à l'époque, je n'étais pas prêt ? Et est-ce que maintenant, je le suis ? Ce sont de grosses questions, comme dirait Anne. Qui impliquent, surtout, de grosses réponses. Et je ne suis pas certain de vouloir les connaître.

Mon père pense que je manque d'ambition ; Cam, que j'ai peur de mon propre succès. Après tout, ils ont peut-être raison.

CAM

Le premier gars qui m'a grafigné* le cœur s'appelait Vincent Fléau. Oui, oui, Fléau, comme quand on parle d'une maladie grave et répandue. Je l'avais approché en riant de son nom, d'ailleurs, un peu comme tout le monde le faisait à l'époque. Pour être franche, c'était passé à peu près aussi bien qu'un caillot au cerveau. Aujourd'hui, il se fait appeler Vince Fleck et il étudie en médecine à McGill. Je pense qu'un psychologue aurait beaucoup de pain sur la planche afin d'évaluer l'impact du nom de famille de Vincent sur ses choix de vie.

On s'était rencontrés à la pépinière Jardin, où l'on a travaillé tous les deux le temps d'un été. Oui, oui, la pépinière de la famille Jardin, un nom beaucoup plus approprié pour des propriétaires de pépinière qu'un Fléau qui soigne des maladies. C'est mon humble opinion, mais elle est peut-être biaisée.

Le travail de Vincent consistait à transporter des plantes, des arbres et d'autres produits de la terre, alors que je passais mes journées à la caisse, à scanner des codes-barres de vivaces ou de sacs de terre. Ses bras musclés ruisselaient de sueur devant mes yeux d'adolescente en pleine effervescence sexuelle. C'est l'été où j'ai eu le plus chaud.

Après le malaise initial de ma blague sur son nom, à laquelle il n'avait pas ri, évidemment, Vincent et moi nous étions découvert certaines affinités, principalement notre amour du sarcasme, notre haine des conversations banales et notre désir incontrôlable de mettre notre bouche sur le corps de l'autre. J'avais dix-sept ans, et ce n'était pas la première fois que je touchais un gars. En revanche, c'était la première fois que j'en avais vraiment envie. Cela faisait toute la différence.

Quand j'y repense aujourd'hui, j'ai encore un goût amer sur la langue, probablement des restes de sueur, de désir et de mélancolie de cet été-là. Vincent et moi, on n'avait pas grand-chose en commun, au fond, et surtout, on s'était bien mal compris. J'étais convaincue que nos embrassades dans l'arrière-boutique, nos nuits passées sous les étoiles et nos peaux chaudes sur le gazon frais signifiaient quelque chose pour lui tout autant que pour moi. Je pensais aussi que les soirées où il restait chez lui parce qu'il était fatigué du soleil tapant après une longue journée de travail, il les passait à se reposer, pas à se frotter contre la peau tout aussi chaude de Sarah, l'autre caissière. Je n'avais pas réalisé qu'elle et moi étions interchangeables dans les bras de Vincent, tout comme nous l'étions aux caisses numéro un ou deux. C'est définitivement l'été où j'ai eu le plus chaud, et aussi celui où j'ai apprécié les bienfaits de la fraîcheur. J'ai compris que de garder la tête et le cœur au frais peut éviter bien du malheur.

Aujourd'hui, je sais bien que Vincent et moi, cela n'aurait pas pu marcher. On était jeunes et on ne s'entendait sur à peu près rien d'autre que sur notre désir mutuel. Au fond, ce n'est pas vraiment de l'avoir perdu qui m'a blessée. Non, cet été-là, pour la première fois, je me suis sentie trahie. Constater qu'il n'accordait pas la même valeur que moi à notre relation, qu'il ne s'était pas soucié de prendre soin de la confiance que j'avais placée en lui m'a écorchée.

Et lorsque cette confiance est brisée, les morceaux sont beaucoup plus difficiles à recoller. Pas seulement pour la personne qui a été trompée, mais aussi pour tous ceux qu'elle rencontrera par la suite.

MAX

Il y a peu de choses dans lesquelles j'excelle dans la vie. Je ne suis pas un entrepreneur-né, je n'ai pas l'inspiration d'un poète, je ne suis pas un génie des mathématiques. En fait, je suis plutôt le genre de gars qui se débrouille un peu dans tout. Je ne suis pas un grand joueur de hockey, mais j'ai un bon coup de patin ; je ne sais pas danser, mais je me déhanche correct. J'ai toujours eu de bonnes notes, mais pas excellentes. Moi, j'aime mieux être polyvalent, me connecter avec les gens. Je suis bien avec ma licence en communication, mes activités promotionnelles et mon éloquence. Cette vie me va. C'est sûrement une des raisons qui font que mon père me regarde comme on regarde quelque chose qu'on n'est pas certain d'apprécier, mais dont on ne peut pas nécessairement se débarrasser. Mon père est maître dans l'art de l'excellence, et tout ce qui rôde autour de la moyenne lui cause de l'urticaire. (C'était quand même une belle phrase, j'ai peut-être un peu d'inspiration, finalement.) Enfin, bref, j'aime être comme je suis, même si je sais bien que je ne recevrai jamais de prix pour quoi que ce soit.

Reste que je suis excellent dans trois domaines : je suis bon avec les gens, j'ai une mémoire de feu et j'ai du talent pour la cuisine. Un vrai talent, le genre qui m'a fait considérer pendant quelque temps de m'inscrire dans une école de cuisine, avant d'abandonner le projet, par paresse ou par lâcheté.

Malgré le fait que je ne serai jamais chef officiellement, j'aime prétendre que je le suis une fois de temps en temps. Les jeudis soir, c'est toujours la soirée mexicaine à mon condo*, pour Cam et moi. C'est une autre de nos traditions. Mon condo, c'est mon endroit préféré dans le monde entier : un grand loft, avec des plafonds de quatorze pieds*, un grand îlot dans la cuisine, de vieux planchers de bois clair qui craquent sous mes pas le matin. J'ai eu le tout pour un prix ridicule, parce que mon père connaissait quelqu'un, qui connaissait quelqu'un, qui… oui, l'homme a ses avantages aussi. Il faut bien en profiter. Donc, grâce au coup de pouce du paternel et à mon salaire quand même très décent, j'ai pu m'offrir ce logement, le premier où je me suis senti réellement chez moi.

Cam arrive après son service au café, un pack de Dos Equis dans une main et une bouteille de vin blanc dans l'autre.

— *Olé !*

Elle tape des mains après avoir déposé ses offrandes sur le comptoir, avant de prendre place sur un des tabourets de bar derrière l'îlot. Camille ne fait pas la cuisine quand elle vient chez moi. Elle s'assoit, boit et me regarde préparer le repas. Elle aime bien cuisiner, pourtant (moins que moi, bien sûr), mais elle sait que je préfère avoir le contrôle lorsque je suis aux fourneaux. C'est une des seules occasions où elle accepte volontiers de déléguer.

Elle fait tourner quelques fois le tabouret sur lui-même comme pour s'étourdir un peu, en contemplant le bout de ciel qu'on aperçoit entre les portes-fenêtres que j'ai laissées grandes ouvertes. L'air frais de ce début d'octobre entre dans la pièce en même temps que les dernières lueurs du jour. Elle frissonne et resserre sa veste en jean contre elle.

Je choisis les avocats les plus mûrs dans mon bol à fruits en lui lançant :

— Je pense que c'est en Espagne qu'ils disent *olé*, non ?

— Tu veux mon alcool ou pas ?

Je pointe du doigt le haut de l'armoire, où reposent toutes mes bouteilles d'alcool fort. Ce n'est pas comme si l'on allait en manquer. Elle me fait une grimace :

— Je répète : tu veux mon alcool ou pas ?

— Oui, OK, je veux quand même ton alcool.

— *Olé !*

Son rire résonne dans la cuisine. J'ouvre deux Dos Equis et je lui en sers une. On ne prend jamais de verre. J'aime que Cam soit féminine, sans être une princesse. Je lui ai déjà dit qu'elle était une espèce rare de fille, celle qui ne se prend pas la tête pour des niaiseries, mais elle m'a répliqué que je racontais n'importe quoi et qu'elle était sûrement la fille la plus compliquée qui soit. J'ai insisté, cette fois-là. Je lui ai expliqué que, pour moi, ses inquiétudes n'étaient pas des niaiseries. Ce que j'aime d'elle, c'est que c'est une fille simple : une bouteille de bière, un après-midi sur le bord de l'eau, une soirée mexicaine dans mon appartement en désordre, un brunch de lendemain de brosse, elle n'en demande pas plus pour être heureuse.

Elle est complexe, oui, mais pas compliquée.

Je prends le temps de l'observer pendant qu'elle joue avec l'étiquette humide sur sa bouteille de bière. *Despacito* retentit. Ce n'est pas mon genre de musique normalement, mais elle se prête bien au thème de notre soirée. La chanson la fait sourire, d'un sourire qui n'illumine pas son visage comme d'habitude. Je remarque que ses grands yeux sont bordés de cernes presque aussi bleus que ses iris. C'est son air des mauvais jours.

— Tu as l'air de quelqu'un qui devrait se faire prescrire du sommeil.

— Je pense qu'on devrait me prescrire quelque chose de plus fort.

— De l'opium, ce n'est pas si fort, il paraît.

— Oui, ça endort, par contre.

— De la coke, alors ?

— Pas le même effet, mais pourquoi pas. Ça se prescrit ?

— J'imagine que tout se prescrit, si tu en as les moyens.

— Je vais en parler à ton père, d'abord.

— Il va probablement te dire que ce n'est pas bon pour tes ovaires.

— Zut. Vieux misogyne.

Elle sourit encore à moitié. Cela me fait penser à la première fois que je l'ai rencontrée, sauf que ce soir, la moitié de sa bouche qui ne sourit pas n'est pas pleine de mystère. Juste remplie de lassitude. Ou de tristesse, c'est dur à savoir, même sur son visage si expressif.

— Tu réalises que tu ne m'as pas assez distrait pour que j'arrête de te questionner sur ce qui ne va pas, hein ?

— Oui, je le sais. C'est juste que j'ai de la difficulté à mettre le doigt sur le problème.

— Mais ça ne va pas ?

— Non, pas vraiment. Je ne sais pas, je me sens lourde…

— Arrête les chips.

— Max…

— OK, excuse-moi, je ne niaise plus. J'écoute.

— Tu peux niaiser un peu quand même. Tu sais bien que j'aime ça.

— Mon sens de l'humour te séduit.

— Ça et tes fesses.

— OK, tu essaies vraiment de me distraire, là.

— Est-ce que ça marche ?

— Camille Gingras, parle-moi !

Elle mâchouille un petit bout de peau de son pouce droit, celui qui écope toujours quand elle est nerveuse.

— Je ne sais pas trop, Max. Je suis fatiguée.

— C'est l'école ?

— En partie.

Elle arrête de mordre la peau de son pouce et mordille sa lèvre inférieure, à présent. Je connais son visage par cœur. Elle a sa tête de « j'ai appris une nouvelle, mais je ne suis pas certaine encore de vouloir la partager ».

— Cam, dis-moi ce qui se passe. De toute façon, tu sais bien qu'au bout des Dos Equis, du vin blanc et de quelques *olés* bien placés, je vais finir par te tirer les vers du nez.

— C'est sûr qu'après quelques *olés*…

Elle passe sa main dans ses cheveux qui commencent à perdre leur blond de l'été. Sous son teint vert-manque-de-sommeil, son bronzage se dissipe peu à peu. Bientôt, elle redeviendra aussi blanche que la neige qui se mettra à tomber, si pâle que je pourrai à nouveau voir la petite veine bleue qui marque son front quand elle stresse, comme en ce moment.

— J'ai eu une bourse de doctorat.

— Oh.

— Oui.

N'importe qui d'autre aurait sauté de joie pour elle, mais moi, je connais Cam. Même si elle fait son master en psychoéducation, je sais qu'elle caresse depuis longtemps le projet de tout lâcher pour aller étudier en littérature. C'est une chercheuse avec une âme d'artiste. Elle a un véritable talent avec les mots. Pour n'importe qui aspirant à des études supérieures, cette bourse est l'équivalent d'un repêchage par un club de la LNH [6]. Pour Camille, c'est plutôt l'équivalent d'apprendre que les Canadiens de Montréal [7] veulent signer avec toi quand, au fond, tu rêves de danser pour les Grands Ballets Canadiens [8].

— De combien parle-t-on, ici ?

— De beaucoup trop d'argent. Disons que je n'aurai pas besoin de travailler tout au long de mon doctorat.

— Tu parles déjà comme si tu allais le faire.

— Est-ce que j'ai le choix ?

— On a toujours le choix.

— Depuis quand es-tu aussi cliché, toi ?

— OK, oui, c'est cliché. Bon, sérieusement, tu as le choix. Tu le sais, non ?

— Non, Max, je n'ai pas le choix. Je suis une étudiante, même mes dettes ont des dettes. Ou peut-être que je l'ai, le choix, oui, j'ai le choix d'aller pelleter des nuages* pour ensuite décrocher un job de crève-faim qui ne me mènera probablement jamais plus loin que les tables du café que je nettoie chaque semaine. Ou bien j'ai le choix de redescendre sur terre et de me bâtir une carrière respectée, avec un salaire décent, et de ne sans doute pas vraiment triper sur ma vie. Mais au moins, je ne vivrai pas dans la misère, ce qui est déjà bien mieux que beaucoup de monde.

Je me risque à intervenir :

— Tu sais, l'argent, ce n'est pas tout.

D'un ton sec, elle réplique :

— Ça, c'est facile à dire quand tu en as.

Le silence retombe dans la pièce. Je prends une dernière gorgée de ma bière puis je vais la porter dans le placard

6. Ligue nationale de hockey.
7. Club de hockey sur glace.
8. Compagnie de ballet.

de l'entrée où j'accumule tous les cadavres de bouteilles, et je reviens m'en ouvrir une autre. Quand je me retourne à nouveau vers Cam, elle a fini d'arracher l'étiquette de la sienne et elle joue avec la bouteille dans ses mains. J'ai envie de lui dire quelque chose de réconfortant, de la prendre dans mes bras, de lui donner tout l'argent du monde, mais j'ai un peu mal à l'égo aussi. Elle a touché une corde sensible, celle des cordons de la bourse de mon père. La pilule passe à peu près aussi bien qu'un deux par quatre* de travers. Et elle le sait très bien.

— Je m'excuse, Max. Sincèrement.

Elle a l'air toute petite, voûtée sur son tabouret. Je lui enlève la bouteille des mains, lui ouvre une autre bière, la dépose devant elle, sur l'îlot. Le deux par quatre dans ma gorge diminue peu à peu devant ses grands yeux perdus. Camille a le genre de visage triste qui me ferait faire n'importe quoi. Elle ne doit pas le montrer aux gars qui lui brisent le cœur, quand ils le font, parce que sinon, jamais ils ne partiraient.

— C'est correct.

— Je sais que ça ne l'est pas.

— Non, en effet, c'était un coup sous la ceinture, mais je ne peux pas rester fâché toute la soirée. On n'a même pas encore mangé le guacamole.

— C'est vrai, ce serait embarrassant.

— C'est ça. Et tu sais que je ne gère pas bien tout ce qui est embarrassant.

— Et manger du guacamole fâché…

— Quel gâchis.

— Voilà.

Elle sourit. Je souris. C'est la beauté d'aimer des gens aussi fort que j'aime Cam : c'est impossible de rester fâché contre eux. C'est le fun pour eux, et surtout le fun pour soi, parce que ce n'est jamais agréable d'en vouloir à quelqu'un : cela finit par nous pourrir de l'intérieur.

On ne reparle pas de la bourse pour le doctorat parce que c'est inutile. Pas ce soir. Ce soir, elle veut manger des tacos, rire, bavarder, boire, juste assez pour oublier les choses qui l'alourdissent.

Donc je m'efforce de lui cuisiner les meilleurs tacos qu'elle ait jamais mangés. J'y mets de l'extra attention, de l'extra amour. Je ne sais pas quoi lui dire pour qu'elle comprenne que je suis là pour elle, je n'ai jamais été bon pour ces choses-là. Alors, à la place, j'agis. Je la gave de guacamole, je lui ressers des bières, je lui raconte les anecdotes de ma vie cette semaine et j'en rajoute à peine plus, juste pour la faire rire. Jusqu'à ce que ses pommettes soient rosées et qu'elle perde un peu du vert triste qui ternissait son visage.

Je ne suis peut-être pas capable de la rassurer, de l'aider à faire les bons choix, mais au moins, je suis doué pour la rendre moins triste. Et cela me suffit amplement.

CAM

Depuis que je suis toute petite, je rêve d'écrire des livres. Certains enfants veulent devenir pilotes d'avion, superhéros ou pompiers; moi, ce que j'aimais, c'était écrire des histoires. Avec le temps, la plupart des rêves d'enfants se dissipent, la réalité prend le dessus, et on apprend à faire des compromis entre ce à quoi on rêve et ce pour quoi on est doué. En grandissant, j'ai toujours continué à espérer que rêve et réalité feraient un jour un heureux ménage. Puis, à l'université, j'ai entrepris une licence en psychologie au lieu d'aller en littérature, parce que… en fin de compte, je ne me souviens même plus de mon raisonnement de l'époque. Probablement un mélange de pression sociale, d'années à voir mon père se battre pour joindre les deux bouts, et d'un manque de confiance en moi plus ou moins assumé. Je demeurais convaincue qu'un jour, je bifurquerais vers la littérature, que j'avais encore le temps de changer d'idée, que ce n'était pas perdu. Puis le master est arrivé de façon un peu inattendue, par un professeur du département de psychoéducation qui avait aimé mon travail d'auxiliaire de recherche. J'ai commencé le deuxième cycle en me disant, encore une fois, que ce n'était pas définitif, qu'en attendant, je pouvais bien continuer encore un peu et «voir» où cela me mènerait.

Et voilà où j'en suis. Récipiendaire d'une bourse de recherche au doctorat en psychoéducation, ce qui m'engage sur un chemin honorable, certes, bien que tout tracé d'avance, vers une destination que je n'ai pas nécessairement envie de visiter, un lieu où je n'ai pas envie de m'installer. Le problème, c'est que vient un moment où l'engrenage est trop fort, où le courant devient trop puissant pour faire marche arrière. Et j'ai l'impression que c'est ce qui va arriver si j'accepte cette bourse. Entreprendre un doctorat est une aventure dont je devrais être fière… et je le suis, je pense. C'est aussi un deuil. Celui d'un rêve. Et il n'y a rien de plus déprimant que de devoir renoncer à ce qui nous fait rêver.

Ce soir, le vin blanc aide un peu, heureusement. Et Max aussi. Je vois bien qu'il est mal à l'aise ; pas avec moi, non, avec mon désarroi. J'ai envie de rire en le voyant me tourner autour depuis le début de la soirée, essayant de me distraire, m'envoyant des doses d'amour à sa façon : des blagues, une pression de sa main réconfortante sur ma nuque, des anecdotes plus ou moins vraies de son travail, si rocambolesques qu'elles me font rire aux larmes. Il me réconforte, autant par ses efforts un peu maladroits que par sa présence. Au fond, sa présence seule me suffit. J'aurais envie de le lui dire, mais je suis trop soûle. Il fut un temps où cela ne m'aurait pas arrêtée. Depuis quelques semaines, en revanche, c'est différent. Je ne sais pas pourquoi, je ne parviens pas à cerner le moment où les choses ont changé. Tout ce que je sais, c'est que je ressens une incertitude angoissante qui me donne envie de me raccrocher à ce que j'aime, à ce que je connais. Et que cela change le regard que je porte sur Max. Je ne sais pas ce qui arrive. Notre relation a-t-elle vraiment évolué ou est-elle simplement redevenue comme avant ? Revenue à cette instabilité qui a caractérisé nos débuts ? Oui, instabilité, je crois que c'est le bon terme. Depuis quelques semaines, quand je pense à Max, je me sens instable, et j'ai peur ; pas de ce que je dirais, plutôt de ce que je n'ose pas admettre. Le problème, c'est que, d'habitude, il est la personne à qui je me confie quand j'ai peur.

Les tacos ont été mangés, le guacamole n'est plus qu'un souvenir et les assiettes s'empilent dans l'évier, parce qu'on est de gros lâches qui n'ont pas envie de les mettre dans le lave-vaisselle. Max m'a prêté un coton ouaté* trois fois trop grand pour moi parce que j'ai encore froid, même s'il a finalement fermé les portes-fenêtres. Bien installée sur le divan de cuir, un monstre d'espace et de confort, j'enfouis mes pieds sous ses jambes et je prends une autre gorgée de vin. Je suis en état d'ivresse parfaite : juste assez pour que la vie me semble moins difficile, sans la désagréable impression de perdre le contrôle.

Max dépose son verre sur la table basse, enlève mes pieds de sous ses jambes et les enferme dans ses mains immenses. Leur taille m'a toujours fascinée. Durant son temps libre, il fait de l'escalade et de la menuiserie. Même à travers mes bas, je sens la rugosité familière de ses paumes. Ses doigts creusent dans ma voûte plantaire et je ferme les yeux pour mieux profiter du moment.

— Tu ne vas pas t'endormir, au moins ? Je pensais qu'on avait bien géré la ligne d'ivresse.

— Je suis parfaite présentement*.

— Tu es parfaite tout le temps.

J'ouvre les yeux. Il ne me regarde pas, concentré sur sa tâche. C'est difficile d'évaluer s'il est sérieux ou s'il essaie encore que je me sente mieux. Ce n'est pas la première fois que Max m'envoie un commentaire du genre, il est toujours en train de me dire que je suis la femme parfaite même si, généralement, une lueur d'humour dans ses yeux accompagne le compliment.

— Tu ne m'aides pas, là.

Il lève finalement les yeux vers moi. Souvent, je m'efforce d'oublier à quel point leur couleur me fascine. Là, c'est difficile.

— De quoi, je ne t'aide pas ? Ça ne te fait pas du bien ?

Il ne comprend pas, non, il ne comprend pas, et moi je devrais laisser aller, seulement cela grouille trop dans mon ventre et mon sang est bouillant. Soudain, j'étouffe dans son coton ouaté qui sent trop lui, dans son condo qui lui ressemble trop, sous son regard qui pèse une demi-tonne sur moi. J'aimerais qu'il regarde ailleurs, j'aimerais pouvoir regarder ailleurs. Comment est-ce qu'on en est arrivés là ? Comment, aussi, est-ce qu'on n'en était jamais encore arrivés là ?

— Cam, qu'est-ce qui se passe ?

— Rien. Pourquoi demandes-tu ça ?

— Parce que je te connais.

— Justement, si tu me connais, dis-le-moi, toi, ce qui se passe.

— Je ne suis pas capable de te lire en ce moment.

— Tu penses que tu me lis, d'habitude ?

— Oui.

— C'est prétentieux, ça.

Il hausse les épaules. Ses doigts n'ont pas arrêté leur travail, au contraire, ils se font plus doux, ils glissent sur mon pied et remontent le longe de ma jambe tranquillement, sous le bas de mon jean. Sa peau est chaude contre la mienne.

— J'ai toujours été prétentieux, Cam. Ça ne va pas changer aujourd'hui.

— Non. C'est sûr.

— Pourquoi alors est-ce que j'ai l'impression qu'il y a d'autres choses qui changent ?

— Max…

— Allez.

— Je n'ai pas envie de parler de ça.

Heureusement, il ne me force pas à expliquer ce que j'entends par « ça » ; il sait déjà où je veux en venir.

— Pourquoi n'as-tu pas envie d'en parler ? C'est ton genre de parler des affaires de sentiments et tout.

— Ton éloquence est déstabilisante.

— Eh, je fais un effort, là.

— Je sais, excuse-moi. C'est juste que je suis mêlée*.

— Moi aussi.

Je ne l'avais pas vu venir. Cela me distrait un instant de ses mains sur moi.

— Ça fait longtemps que tu es mêlé ?

— Je pense que je suis mêlé depuis que je te connais.

Il bouge sur le divan, déplace mes jambes, prend mon verre de mes mains et le dépose sur la table basse. Il est tout près maintenant, trop près. Trop loin, aussi. Cela a toujours été ainsi avec lui. Le désir de l'avoir contre moi, pour moi, à moi, tout en sachant qu'il valait mieux le garder à une distance respectable pour ne pas le perdre.

Ce soir, j'ai envie de mettre mes mains sur lui, sur son visage, dans sa barbe de quelques jours, sur la peau de son cou et celle vraiment douce juste sous son oreille. J'ai déjà touché Max, je le touche tout le temps, mais ce soir, dans l'air chaud de notre bulle d'intimité, j'ai envie de le toucher différemment.

— Tu pourrais le faire, tu sais.

Sa voix est plus basse, comme si quelque chose obstruait sa gorge.

— Quoi ?

— Me toucher.

— Je ne sais pas de quoi tu parles.

— Tu n'as jamais été une bonne menteuse.

J'hésite. J'imagine qu'il prend mes mains dans l'immensité des siennes et les pose sur son visage. Ce serait doux, cela piquerait un peu. Ce serait comme Max et, en même temps, pas comme Max. Pas comme je le connais, en tout cas. De ce point de vue là, je ne connais rien encore de lui. Je ne l'ai jamais touché comme quelqu'un se permet de toucher une autre personne quand les barrières tombent.

Il bouge, ou je bouge, ou on bouge, et tout à coup, l'un de nous renverse mon verre de vin sur la table basse. Cela produit un vacarme énorme alors que le verre se fracasse contre le plancher. Le liquide se répand partout. En réalité, le bruit n'est pas si fort ; il prend juste toute la place.

— Mince.

Je me lève d'un bond, comme si l'on m'avait brûlée. Max tente de me retenir par le poignet.

— Ce n'est pas vraiment important, le dégât. Rassieds-toi.

— Il faut bien le ramasser, ça va coller.

Il lâche mon bras et je me dirige vers la cuisine. J'ai l'impression de respirer sous l'eau. Petit à petit, avec ses mains loin de moi et le feu dans mon ventre qui s'éteint, j'y vois un peu plus clair. Max m'appelle depuis le divan :

— Cam…

— Non.

— Peut-on se parler ?

Je reviens avec des essuie-tout et je nettoie le dégât en silence. La force potentielle des mots que je pourrais prononcer me terrifie. Je me relève, je vais jeter les essuie-tout puis je me dirige vers la porte d'entrée. Je ne peux pas rester ici, pas dans cet état. Je ne pourrai pas résister à ses grands yeux vert doré qui me supplient de nous donner une chance. Je sens son regard qui me brûle la nuque. Je n'ose pas me tourner vers lui.

— Tu t'en vas.

Ce n'est pas une question. Je réponds quand même.

— Je m'en vais.

— Pour ton information, cette fois, c'est toi qui as peur. C'est toi qui choisis de t'en aller.

— Pour ton information, c'est toi qui choisis, encore, de ne pas me retenir.

Je pars avant même de lui donner le temps de répliquer.

MAX

La première fois que cela a failli se passer avec Cam, c'était le soir même où elle venait de laisser Vic. Elle est sortie longtemps avec lui. Un peu plus d'un an. Je n'avais jamais vu mon ami se comporter ainsi. Vic, avant, c'était un volage, un homme à femmes, il n'en avait jamais assez, jamais assez de seins ni de fesses… jamais assez de cœurs à briser, non plus. J'ai eu peur pour Cam, au début, peur pour cette personne avec qui j'avais connecté d'une manière si soudaine et inattendue. Après notre première rencontre, on avait commencé à se parler. Au départ, c'était uniquement lorsqu'on se voyait dans les sorties de groupe, les soirées bien arrosées, les barbecues, puis on s'était ajoutés sur Facebook et on s'était mis à s'envoyer des petits messages ici et là, des *memes* ou des GIF bien placés. Elle me faisait rire, elle me détendait. Elle me donnait envie d'être drôle, et moi, je sentais que juste être moi fonctionnait assez bien. C'est un sentiment difficile à expliquer, comme vouloir réussir sans avoir peur d'échouer.

Au début, Florence, ma blonde à l'époque, trouvait mignon que j'essaie de me rapprocher de la copine de mon ami, que je fasse un effort pour la mettre à l'aise. Ou du moins, elle a fait tout comme, pour avoir l'air d'une fille relax. Oui, oui, elle avait vraiment utilisé les mots « mignon » et « copine ». Mon ex-copine était une Française avec des jambes à l'infini et un sale caractère. De fil en aiguille, le mignon s'est transformé en pénible. Elle a commencé à me demander pourquoi je souriais comme un benêt en regardant mon téléphone. Si, au début, je lui disais la vérité, après, c'est devenu plus simple de lui mentir. À mes yeux, il n'y avait rien entre Cam et moi, rien d'autre qu'une complicité naturelle, et j'en avais assez de devoir me défendre chaque fois que je lui parlais. Et quand on sent que le mensonge est plus simple que la vérité, c'est qu'on est parvenu à un point de non-retour. J'ai annoncé à Florence que c'était fini.

Je n'ai pas laissé ma blonde en premier pour motiver une décision de la part de Cam. Pas consciemment, du moins. On n'en a pas discuté sur le coup, et plus tard, dans notre amitié, est venu un moment où l'on a conclu d'un accord silencieux que, pour être amis, il fallait enterrer cette partie de nos vies. Je ne sais pas si j'y crois toujours, mais c'est difficile de briser un accord, même quand on n'est pas certain d'en connaître les termes.

Peu de temps après ma rupture avec Florence, on a commencé à se parler jusque tard dans la nuit sur Facebook. On discutait de nos vies, de nos aspirations, on dévoilait de petits brins de nous ici et là, des confidences dont on essayait de se convaincre qu'elles étaient anodines. Bon, il faut bien le reconnaître, cela n'a rien d'anodin quand la blonde de ton ami te parle de ses rêves de vie pendant qu'il ronfle à ses côtés. J'avais les doigts en feu à la fin de nos conversations, le cœur aussi. C'est là que c'est devenu dangereux. Cela a commencé à être gênant quand on se voyait en groupe. Je me sentais comme un adolescent qui cache sa première relation à ses parents et qui fait entrer la fille par la fenêtre du sous-sol quand il croit que tout le monde est endormi. Je me sentais aussi comme un adolescent quand le fiel montait en moi lorsque je voyais Vic poser sa main dans le creux de son dos, la façon qu'il avait de nicher son visage dans ses cheveux. Je regardais Cam lui sourire, et je souhaitais très fort qu'elle veuille que ce soit moi dans ses cheveux, moi au creux de son dos. Moi, moi, moi.

J'ai eu peur de mes pensées jalouses, désespérées. Et j'ai agi exactement comme le fait un gars de vingt-deux ans quand il a peur. J'ai pris mes jambes à mon cou.

J'ai arrêté d'aller aux activités de groupe. J'ai arrêté de répondre aux messages de Cam, légers au début et, rapidement, de plus en plus inquiets. À ceux de Vic aussi. La culpabilité que je ressentais par rapport à mon chum de toujours me trouait l'estomac, le manque de Cam dans ma vie contribuait à ma déchéance. Je me suis inscrit sur Tinder. Je sortais beaucoup. J'enchaînais les verres et les nuits trop courtes avec des filles qui ne voulaient rien dire pour moi. Cela a duré au moins deux mois. Deux mois avant de recevoir un message de Cam, un vendredi soir, tard. Un vendredi soir où j'étais chez moi, ce qui n'arrivait pratiquement plus. J'avais sûrement des plans de sortie, un coup d'un soir aussi, mais tout s'est volatilisé quand, en regardant l'écran de mon téléphone, j'ai vu son message.

Cam : Je viens de laisser Vic.

En lisant ce message, j'aurais dû aussitôt appeler mon ami, m'assurer qu'il était correct. C'était lui, mon meilleur ami, depuis toujours. J'aurais dû être là pour lui. J'aurais dû, surtout, ne pas inviter son ex-copine de dix minutes à venir chez moi. Mais à ce moment-là, j'avais juste besoin de la voir, là, tout de suite. Après des semaines passées à l'ignorer, j'avais l'impression que je pourrais finalement la regarder avec mes yeux à moi, sans sentir ceux de Vic qui me brûlaient l'arrière de la tête. Je n'ai pas pensé aux conséquences. Je n'ai pensé à rien d'autre que si je ne voyais pas Cam ce soir-là, j'allais imploser. J'étais encore jeune. Depuis, j'en ai appris beaucoup sur le *timing* des choses.

Elle est arrivée chez moi beaucoup plus calme que ce à quoi je m'attendais. Elle n'avait pas l'air d'avoir pleuré, même si elle était un peu blême, comme quelqu'un qui est en état de choc après avoir eu un accident. Je lui ai offert une bouteille de bière, je me suis excusé de n'avoir aucun verre propre. J'étais dans un appartement beaucoup plus petit et sans lave-vaisselle, à l'époque. Elle a souri et m'a répondu qu'elle préférait boire à la bouteille, de toute façon. On n'a pas trinqué, ce n'était pas ce genre de soir.

— Je ne sais pas trop quoi te dire, ai-je fini par avouer.

C'était étrange parce qu'on buvait nos bières en silence, et j'aurais dû être mal à l'aise, agité, alors que je ne m'étais pas senti aussi calme depuis des mois. Cam a finalement brisé le silence.

— Je ne suis pas sûre qu'être ici est une bonne idée.

— Non ?

Cela m'a fait de la peine. J'aurais voulu qu'elle soit bien. Elle a dû le lire sur mon visage. Elle a pris une autre longue gorgée. Sa bière était presque finie et j'en ai sorti deux autres, par précaution. Je n'étais peut-être pas le plus doué en matière de réconfort, mais j'avais de l'alcool en masse.

— Non. Mais je suis venue quand même.

J'ai compris qu'elle sous-entendait que Vic aurait été détruit de la savoir ici. J'ai aussi compris qu'il y avait un peu de moi dans cette rupture. J'ai senti la bile remonter dans ma gorge quand elle a dit cela. Pourtant, j'avais fait attention. Je m'étais éloigné d'elle pendant deux mois plutôt que de laisser les impulsions de mon cœur et de mon corps prendre le dessus sur mon amitié avec Vic. Et voilà où cela m'avait mené : attablé dans ma cuisine miteuse, à parler avec la fille qui venait tout juste de briser mon ami. Cette fille à qui je n'arrivais même pas à en vouloir.

— Tu as peut-être raison, finalement, ai-je laissé tomber.

— Tu sais que c'est toi qui m'as invitée.

— Oui, parce que je suis un idiot, moi.

Elle a haussé les épaules d'un air maussade.

— Je ne trouve pas que c'était idiot...

J'ai baissé les yeux. Je pensais à Vic, seul chez lui. Mon estomac s'est noué.

— Qu'est-ce qui s'est passé ?

— Je suis certaine que tu ne veux pas le savoir, a lâché Cam.

Elle a plongé ses yeux dans les miens, ils sont venus s'accrocher au plus profond de moi. J'ai réussi à articuler :

— Au point où on en est... Comment va-t-il ?

Je me devais de demander, pour la forme. Elle m'a toisé d'un regard aussi froid que l'eau d'un lac en hiver. De la même couleur aussi.

— À peu près aussi bien que tu le penses.

— Il ne s'y attendait pas ?

— Je ne crois pas, non.

Elle a mordillé son pouce, soucieuse. Elle n'avait pas l'air d'avoir fini. J'ai attendu qu'elle poursuive, parce que je ne savais pas quoi ajouter. J'avais l'impression d'assister en temps réel à un accident de voiture. Je ne voulais pas vraiment regarder, mais je ne pouvais pas décoller mes yeux de la scène non plus.

— En fait, je pense que c'est le seul qui ne s'y attendait pas, a-t-elle renchéri. Je veux dire, je pense qu'il savait que ça arriverait peut-être un jour, mais pas déjà, pas tout de suite.

— Je ne comprends pas… ça n'allait pas bien ?

— Non. Vraiment pas.

— Depuis quand ?

Elle a arrêté de mâchouiller sa peau.

— Depuis que tu as disparu.

Elle n'a pas osé me regarder en me confiant cela. J'ai inspiré, et j'ai détourné les yeux moi aussi. J'ai eu l'impression d'étouffer, comme s'il n'y avait pas assez de place dans mon torse, comme si l'on comprimait mes poumons à grands coups de « c'est ta faute ». À ce moment-là, si j'avais eu moins peur, si j'avais su à quel point Cam deviendrait centrale dans mon existence, j'aurais levé les yeux, je serais allé vers elle. J'aurais caressé ses pommettes que, moi, je juge saillantes, et qu'elle, elle trouve grosses, j'aurais fait courir mes doigts sur elle, sur tous les endroits où j'avais tant de fois souhaité la toucher. Si j'avais su, à ce moment-là, que de ne pas le faire signifierait que je ne le ferais peut-être jamais, j'aurais osé. Mais je ne savais pas, j'avais peur et je pensais qu'une réconciliation était encore possible avec mon ami. Ce n'est que plus tard que j'ai appris que Vic était certain que Cam l'avait trompé avec moi et que, malgré tous mes efforts, jamais il ne me pardonnerait.

— Tu ne dis rien, a-t-elle marmonné.

Cela faisait un bon bout de temps que je fixais la table.

— Je ne sais pas quoi te dire, Cam.

— Pourquoi m'as-tu invitée, ce soir ?

— Pour voir comment tu allais.

— Ah…

Ne pas la regarder, sinon tout allait basculer.

— Je pensais que… euh…

Elle hésitait. C'était maintenant ou jamais. Si je ne disais rien, si je la laissais parler, on tomberait tous les deux. J'ai eu peur du vide. J'ai levé les yeux.

— À quoi pensais-tu, Cam? Que tu allais arriver ici et que j'allais te sauter dessus comme si de rien n'était? Criss*, c'est mon meilleur chum.

Je l'ai vue prendre une grande inspiration, perdre le peu de sang qui lui restait aux joues. J'ai su que j'étais allé trop loin. La chaise a fait un vacarme de fou quand elle s'est levée. Encore aujourd'hui, j'ai un petit haut-le-cœur quand je pense à la façon dont je l'ai invitée chez moi pour ensuite la faire se sentir coupable d'être venue. Mais je n'avais plus de repères. La seule chose qui m'avait empêché de l'embrasser avait été de l'attaquer. De la repousser. Et cela a marché. Je l'ai suivie des yeux alors qu'elle s'est dirigée vers la porte à grandes enjambées, des pas furieux beaucoup trop grands pour sa taille. Je n'ai pas bougé de ma chaise. J'ai murmuré:

— Cam…

Ma voix n'avait aucune conviction. J'avais l'air presque content qu'elle s'en aille. Pas content, non, plutôt soulagé. Jamais de ma vie je n'ai été aussi lâche qu'en cet instant. Elle s'est retournée vers moi:

— Je ne sais pas ce que j'ai pensé, Max. Si j'avais su que ça virerait comme ça, je t'aurais sacré patience*.

Elle a fermé la porte si fort que le mur en carton de mon appartement a tremblé. J'ai eu peur que tout s'écroule sur moi. Il aurait mieux valu. Je ne me serais pas débattu. Tant qu'à être lâche, je l'aurais été jusqu'à la fin.

CAM

Quand je rentre chez moi, je me sers une autre bière et je me laisse tomber sur mon divan de manière mi-dramatique, mi-incontrôlée, parce qu'au fond, je n'ai probablement pas besoin d'une autre bière. J'ouvre Tinder sur mon téléphone parce que je suis idiote, parce que c'est plus facile de gérer des inconnus dans un catalogue de visages que de gérer la façon dont je me sens par rapport à Max. Je veux oublier la sensation de ses mains chaudes sur mes jambes, le feu dans mon ventre, l'espèce de sentiment, ces temps-ci, que ce doit être lui ou personne. Je ne peux pas me le permettre, et la seule échappatoire que je vois, c'est de trouver vite des mains étrangères qui s'appliqueront à effacer toute trace de la soirée sur ma peau et dans ma tête.

Et Tinder est là pour cela. C'est bourré de mains prêtes à dissiper les mauvais souvenirs (souvent pour en créer d'autres pires encore, mais c'est une autre histoire). Tinder, c'est dangereux quand on se met là-dessus avec l'espoir d'embellir son avenir. Moi, ce que je veux ce soir, c'est seulement alléger mon présent. J'ai besoin d'une grosse dose de fin de soirée sauvage et plus ou moins éphémère.

J'ai eu une affinité avec un certain Jordan, l'autre jour, quand je prenais un café avec Valérie. Je ne suis même pas allée voir de quoi ledit Jordan avait l'air. Je suis agréablement surprise, malgré mes standards extrêmement élevés sur Tinder. Je sais que cela sonne contradictoire, mais je m'explique. Si le gars a juste des photos de lui torse nu, c'est non. Si je dois deviner lequel il est sur une photo où il y a huit gars, c'est non. S'il est allé à l'« école de la vie », qu'il porte plus qu'une chaîne au cou ou qu'il fait un doigt d'honneur à la caméra, c'est encore non, non et non !

Revenons à Jordan. Vingt-trois ans, cheveux blonds, yeux foncés, pull normal (pas de col en V trop prononcé), pas de tatouage dans le cou, pas de photo de lui torse nu devant le miroir. Il a l'air petit, mais bien bâti. Il étudie l'ingénierie, il aime les sports de plein air. Il ne ressemble pas du tout à Max, le principal critère pour moi ce soir.

J'entame la conversation de façon plus ou moins subtile, parce qu'il commence à être tard, que j'ai besoin de me distraire et que, vraiment, je me moque de ce qu'il peut penser.

> Camille : Tu as l'air d'un gars qui s'occuperait d'une demoiselle en détresse.

Je me trouve drôle, originale et intrigante. Je me répondrais. J'envoie le même message à deux autres matchs, au cas où. Je me trouve un peu pathétique de faire cela, sauf que, comme mon but n'est pas de finir seule trop soûle sur mon divan à contempler le désastre qu'est ma vie, il faut ce qu'il faut.

Finalement, c'est Jordan qui répond en premier. Je suis contente, j'avais un bon *feeling* par rapport à lui. Le deuxième était presque roux et l'autre avait les yeux verts. C'était trop près de la réalité que j'essaie de fuir.

> Jordan : Ça dépend de ton urgence. Si on parle d'un pneu crevé, d'un bocal de cornichons fermé trop

> serré ou même d'une panne de courant quelconque, je suis ton homme.

Il est drôle et semble assez intelligent : il n'a pas fait de fautes. Il est probablement trop bien pour ce dont j'ai besoin ce soir, comme quand on achète une bouteille de champagne pour célébrer une quatrième place, mais bon, une fille a bien le droit de se gâter de temps à autre, non ?

> Camille : Donc si je comprends bien, ça doit rester dans les travaux manuels ?
> Jordan : Je préfère savoir ce que tu as en tête avant de dire avec certitude… Je suis un travailleur de qualité, je ne m'avance pas sans savoir si je pourrai satisfaire.😏

OK, Jordan comprend assez vite. Et, clairement, il parle le même langage que moi.

> Camille : Penses-tu que je pourrais me payer tes services ? Je suis étudiante.
> Jordan : Je suis très sollicité et mes services ne sont pas donnés, mais j'ai toujours été un fervent adepte du troc.
> Camille : Parle-moi de ça, un gars qui règle les problèmes.
> Jordan : #ingénieur
> Camille : Qu'est-ce que tu faisais ce soir, monsieur l'ingénieur ?
> Jordan : J'attendais que tu m'écrives.
> Camille : Un peu trop délicat pour un ingénieur.
> Jordan : J'ai un côté plus intense aussi, t'inquiète.

Deux heures et une demi-bière plus tard, je me lève de son lit et ramasse mes vêtements éparpillés un peu partout dans la chambre. Jordan dort comme un bébé, la bouche ouverte. Il m'a proposé de rester dormir, d'aller bruncher demain dans un endroit vraiment charmant et pas cher au coin de sa rue. Je l'ai remercié de se soucier de mon budget d'étudiante en ajoutant que tous les restaurants n'acceptent pas le troc comme lui l'avait si gentiment fait. Il a ri de bon cœur avant de vanter les œufs Bénédicte du restaurant en question. Je ne sais pas s'il pensait réellement qu'on irait déjeuner ensemble, moi avec le visage maquillé de la veille, les cheveux post-nuit d'amour bien en évidence, lui avec le visage luisant du gars qui a couché avec une fille la nuit dernière… J'espère un peu qu'il le pensait vraiment, et en même temps, j'espère que non. Oui, parce que cela me fait sentir moins « sale » ; non, parce que je ne suis pas assez stable émotivement pour décevoir une autre personne ce soir.

D'une façon ou d'une autre, j'ai fait semblant de m'endormir, en le laissant me frotter le dos avec une douceur qu'on retrouve rarement chez des coups d'un soir.

Il faut le reconnaître à Jordan, il a été exactement comme il s'était décrit : à la fois délicat et intense. Ce n'était pas la meilleure nuit de ma vie, mais probablement qu'avec des sentiments, elle aurait pu l'être. Jordan est un gentleman qui sait comment s'y prendre ; cela manquait juste d'amour, mais pour cela, il faut du temps, ce que je ne lui ai pas accordé.

Dans l'Uber qui me ramène chez moi, je remarque que j'ai deux appels manqués de Max sur mon téléphone, et cela me donne soudain envie de pleurer. Je mets cela sur le compte de l'alcool, même si je commence à dégriser. Je range mon téléphone dans ma sacoche. Au moins, je ne sens plus ni les mains de Max sur moi ni son odeur. Je me sens bizarre, comme si j'étais devenue quelqu'un que je ne connais pas. Le côté rationnel de mon cerveau vient à ma rescousse. Max n'est pas mon chum, je n'ai pas à me sentir coupable. J'ai le droit de profiter du bien-être que la peau et le sexe de Jordan m'ont procuré. Je sais, c'est cru, dit comme ça, moi non plus, je n'aime pas vraiment le terme. C'était quand même du sexe pour le sexe, cela ne sert à rien de rendre cela plus beau, de l'enrober de mots doux pour prétendre que ce n'était pas uniquement une recherche d'adrénaline pour oublier tout ce qui me déprime. Le problème, c'est que cela ne dure jamais bien longtemps, l'extase de baise-onguent, le sexe qui ne sert qu'à oublier ce qui fait mal. Ce sexe-là, c'est comme de l'Antiphlogistine [9] : il engourdit en surface, mais ne guérit pas, quand le mal est profond.

Et moi, j'ai Max profond. Plus profond que cela, je ne le retrouverais jamais.

9. Marque de crème qui soulage les douleurs musculaires, articulaires, etc.

MAX

J'ai trompé mon ex-copine une fois. Je hais d'y repenser, je hais l'avoir fait. Quand c'est arrivé, cela n'allait plus entre Florence et moi depuis un bail déjà. D'ailleurs, en y pensant bien, je ne sais pas si cela n'a jamais vraiment « été » entre nous. On s'est rencontrés en dernière année de licence. Elle étudiait en relations publiques, comme moi. Je mentirais si je prétendais que c'est sa conversation qui m'a attiré en premier. Flo était une femme fatale. Fraîchement arrivée de France, elle a rapidement fait chavirer les cœurs et les corps de tous les gars en licence communication. Avec elle, cela a commencé comme un défi.

Le premier jour de cours, durant ma dernière année d'université, je suis entré dans l'auditorium et je l'ai tout de suite remarquée. Elle était assise au premier rang ; son cahier de notes sorti devant elle, elle attendait patiemment que le cours débute. Elle se moquait clairement de tous les gars qui, eux, essayaient de cacher leur début d'érection sous les bureaux trop étroits. Il n'y avait personne ni à sa droite ni à sa gauche. C'était le genre de fille belle au point d'en être intimidante. Et elle était manifestement tout à fait consciente de l'effet qu'elle produisait. Elle savait qu'elle avait le contrôle. J'ai souri intérieurement, bien décidé à changer cela.

Sans hésiter, je suis allé m'asseoir à côté d'elle. Je ne l'ai pas saluée et j'ai commencé à texter une fille. Je voulais qu'elle voie ce que j'écrivais quand ses yeux dériveraient machinalement vers moi, comme c'est toujours le cas quand quelqu'un est sur son téléphone à côté de nous. J'ai senti son regard intrigué se poser sur moi à quelques reprises, mais je ne l'ai pas regardée. Pas une seule fois. J'avais bien appris, du temps de Stéphanie.

Le manège a duré trois semaines, à raison de deux fois par semaine. J'avais remarqué que les lundis, elle arrivait avec un latté, mais pas les mercredis. Un mercredi matin, je suis venu avec un latté. Sans rien dire, j'ai déposé le café devant elle puis je me suis penché sur mon téléphone. Je pense que sa mâchoire tombait tellement elle était étonnée. Le lundi suivant, c'est elle qui m'en a apporté un. Sur le côté, elle avait écrit son numéro. On est allés prendre un verre. Elle était cool, beaucoup plus que je ne l'aurais cru. J'ai été agréablement surpris en découvrant que ce qui était le plus beau chez elle n'était pas visible au premier regard. Je n'ai pas vu la soirée passer.

On ne s'est pas embrassés le premier soir. Je l'ai raccompagnée jusque chez elle, même si c'était loin de chez moi. Elle s'est approchée en me coulant un regard sous ses longs cils. J'étais sur le point de céder, mais je me suis contenté de lui faire la bise et je suis rentré. J'ai remercié tous les dieux du ciel d'avoir de l'expérience quand elle m'a texté, quelques minutes après mon départ.

> Florence : Je pensais que tu allais m'embrasser. Du coup, je suis un peu déçue.
> Max : Tu pensais que j'étais un gars facile comme ça ? Du coup, je suis un peu insulté.
> Florence : Facile, facile. Tu ne trouves pas qu'on s'est assez allumés ?
> Max : Oh non. Ça ne fait que commencer.

On a couché ensemble deux semaines après. C'était assez épique.

De toutes les filles que j'ai eues, Florence est celle pour laquelle j'ai fait le plus d'efforts. Donc il m'a semblé logique de la garder. Et puis, elle était belle comme aucune autre fille de licence. Je n'avais pas de raison d'aller voir ailleurs. Mais je ne l'ai jamais vraiment aimée. J'avais de l'affection pour elle, je la désirais, oui, mais ma relation avec elle m'a fait comprendre la nuance entre désir et amour. On pense qu'on la connaît, cette différence, on pense que c'est simple, alors que c'est beaucoup plus compliqué qu'on le croit. Le désir, c'est interchangeable, c'est multipliable. On peut désirer plus d'une fille à la fois, mais on ne peut pas en aimer plus d'une à la fois. Certains en sont peut-être capables, mais pas moi. Je ne tromperais pas la fille que j'aime, même s'il pourrait m'arriver de tromper une fille que je désire.

Ce que j'ai fait, d'ailleurs. Une seule fois. Que je hais être ce gars-là ! Le gars qui a trahi sa blonde. Pour être franc, je hais aussi le fait que Cam ne le sache pas.

C'est bête, hein ? J'aurais pu lui raconter l'histoire des centaines de fois, on a abordé le sujet, pas de ma fidélité à moi, mais de la fidélité en général, plus souvent que je ne pourrais compter les occasions. Je sais que Cam a déjà été trompée, je sais que c'est important pour elle. Je veux dire, ce n'est pas que ce n'est pas important pour moi, c'est seulement différent. Il y a deux catégories de personnes : celles qui ont déjà été trahies et les autres. Quand on n'a jamais été trompé, on a beau essayer d'imaginer ce que cela nous ferait si cela arrivait, au fond de nous, la confiance reste intacte. Quand on a été trompé, il y a un bout de confiance qui manque, que la personne qui nous a trompé nous a enlevé et ne nous redonnera jamais. Je pense que je n'ai jamais voulu que Cam sache qu'il y avait un bout de Florence que j'avais pris et que j'avais égaré, un bout que je n'avais pas pu lui remettre. Elle pense trop de bien de moi, cela me rendrait triste de ternir cette image. Est-ce que le fait de tromper quelqu'un, même une seule fois, fait de moi une personne moins bien ? Est-ce que cela fonctionne comme la virginité ? Une fois, et c'est fini, c'est perdu, c'est trop tard ? Je ne sais pas. Cam le saurait, elle. Je ne me suis jamais décidé à le lui demander. Je vis mieux en ne le sachant pas qu'en risquant de perdre sa confiance.

J'ignore si Florence l'a su, parce que je l'ai laissée sans rien lui confesser. Peut-être qu'elle s'en doutait. Si cela avait voulu dire quelque chose pour moi, si j'avais aimé la fille en question, peut-être que je l'aurais dit à Flo. J'aurais probablement senti que je devais lui avouer mon infidélité. Sauf que cela avait vraiment été un moment absurde, dépourvu de sens, une inconnue dans un bar, une bobette* à moitié déchirée, une baise éclair dans une salle de bain. C'était laid, c'était bête. C'était plus pour oublier Cam que pour faire du mal à Florence. Dans ce genre de situation, j'ai l'impression qu'on avoue la vérité plus pour se déculpabiliser que par respect pour la personne avec qui l'on sort. Et je crois que l'honnêteté n'aurait servi à rien avec Florence, vu que je la laissais. J'ai donc décidé de vivre avec la culpabilité plutôt que de lui imposer un autre fardeau de peine. Ce n'est pas grand-chose, mais c'est le mieux que j'ai pu faire.

Je me réconforte souvent en me disant que j'ai trompé mon ex-copine juste une fois. Puis je pense à tous les messages envoyés à Camille, toutes ces fois où je lui confiais des choses que je n'aurais jamais racontées à Florence. Et je me rends compte qu'au fond, c'était bien pire que la bobette déchirée d'une fille dont je n'ai jamais su le nom.

CAM

Vic a été ma plus longue relation à ce jour. Quand j'y repense aujourd'hui, j'ai de la difficulté à m'expliquer pourquoi on est restés ensemble aussi longtemps – plus d'un an. D'accord, je sais que je suis un peu de mauvaise foi par rapport à tout cela. C'est toujours difficile de s'avouer qu'une relation à laquelle on a mis fin était bien, parce que cela sonne un peu comme un échec, non? Si c'était bien, cela n'aurait pas fini, n'est-ce pas?

Cela m'a pris du temps d'accepter qu'il y avait eu du bon dans ma relation avec Vic, que je n'avais pas perdu mon temps, que c'était correct d'admettre qu'il peut y avoir eu de l'amour là où il n'y en a plus. J'ai mis longtemps à m'avouer que j'avais réellement aimé Vic, presque aussi longtemps que j'ai mis à comprendre que je ne l'aimais plus. J'entamais ma dernière année de licence quand j'ai commencé à sortir avec lui. J'avais fréquenté d'autres gars depuis mon arrivée à Québec, deux ans auparavant, mais personne encore n'était venu me chercher autant que lui. Il n'était pourtant pas nécessairement mon genre: il s'habillait avec des marques, il avait un tatouage sur l'avant-bras, il allait chez un barbier pour se faire couper les cheveux. Pour notre premier rendez-vous, il m'avait emmenée dans un bar à champagne, ce que j'avais presque autant détesté qu'aimé. Il avait fait son show toute la soirée. Il parlait fort, déplaçait de l'air. Il m'avait beaucoup divertie, même si, en quittant le bar, une petite voix en moi me chuchotait que cela ne fonctionnerait pas. Il venait de payer autant pour un verre que je payais pour une soirée complète quand je sortais jadis, à Alma. On n'était clairement pas du même monde. Je me suis dit que je ne le rappellerais pas.

En marchant vers sa voiture, on est passés devant une épicerie de quartier. Un SDF était assis sur les marches. Je fouillais dans mes poches pour de la monnaie quand Vic a mis sa main sur mon bras. Je me suis figée. Je ne pouvais pas croire qu'un gars qui venait de passer la soirée à dépenser son argent pour impressionner une fille allait m'empêcher de donner quelques pièces à quelqu'un dans le besoin. J'ai eu envie de le repousser. Et là, tout a changé. Vic s'est mis à parler au gars. C'était la fin de l'automne, mais il faisait beau, on n'était pas pressés. Il a eu une vraie conversation avec l'homme ; lui demandant d'où il venait, où il habitait, ce qu'il faisait dans la vie. On a appris qu'il s'appelait Henri, qu'il avait été technicien en informatique, mais que la vie prend de drôles de tournures parfois et qu'il avait perdu son emploi ; qu'il avait une fille, à qui il ne parlait plus depuis des années, qu'elle étudiait en médecine, qu'il en était très fier. C'était un échange aussi beau que triste. Avant de nous en aller, Vic est entré dans l'épicerie et en est ressorti avec un sandwich. Il l'a donné à Henri, qui nous a ensuite serrés dans ses bras quand on est partis.

Arrivée à la voiture de Vic, c'est moi qui ai fait le premier pas. Je l'ai embrassé, quelque chose d'intense, à pleine bouche. Il a posé ses mains sur mon visage et l'a légèrement éloigné du sien.

— Quoi ? ai-je demandé.

J'étais un peu inquiète. Je prenais rarement les devants avec un gars.

— Rien. Je veux juste bien te voir pour me souvenir de cette image de toi.

J'ai ri.

— Est-ce que tu essaies de m'impressionner avec ton romantisme?

— Non, mais les beaux moments sont tellement rares… Il faut les savourer quand ils passent.

J'ai réalisé plus tard ce qui m'avait attirée chez lui: l'effet de surprise. Il n'avait pas cessé de me surprendre, à notre premier rendez-vous et pendant les premiers mois de notre relation. Le problème, c'est que c'est difficile de continuer de surprendre quelqu'un lorsque le quotidien embarque. Quelque part en cours de route, Vic a arrêté d'essayer.

Vic n'a pas été ma première peine d'amour, j'avais déjà eu auparavant le cœur bien fêlé à quelques reprises, mais il a été, et de loin, ma rupture la plus dévastatrice. Pas parce que j'aurais aimé que les choses soient différentes – il y avait bien longtemps que lui et moi, c'était terminé –, mais à cause de tout ce que j'ai perdu lorsque notre amour s'est effrité. Après Vic, j'ai compris qu'on ne sort jamais vraiment avec une seule personne: on sort aussi avec sa famille, ses amis, avec toutes les personnes qui gravitent autour du noyau qu'est le couple. Puis, quand le noyau explose, les gens doivent choisir leur camp. Alors, quand je l'ai laissé, j'ai aussi perdu tout le cercle de connaissances qui venait avec lui. C'est ce qui a été le plus difficile à vivre. J'ai compris pourquoi certaines personnes restent parfois dans des relations où elles ne sont pas complètement heureuses. Elles ne restent pas pour le noyau. Elles restent pour ce qui gravite autour.

C'est aussi difficile de reconnaître que j'avais laissé Vic avec l'espoir que quelque chose se passerait avec Max. Ce n'était pas la seule raison, évidemment. Au début, j'avais aimé la fougue, la spontanéité de Vic. Il était différent, un gars de la ville, un gars d'action, moderne. Petit à petit, il s'était assagi, ramolli… Après un an, le feu s'était déjà éteint entre nous, et il ne restait plus que la douce complicité qui demeure une fois que le reste s'est perdu. Vic était devenu confortable, et comme le confort est l'ennemi de la passion et que je ne suis pas de celles qui peuvent vivre sans passion… Puis, les derniers mois, il y avait eu les crises de jalousie, mélangées à des éclairs de passion furtive, comme les ultimes spasmes de vie qui agitent un mourant. Vic essayait de s'accrocher à moi, à nous. Plus il se cramponnait, plus il me faisait mal et plus je voulais m'en aller ailleurs. Ailleurs que dans ses bras.

Parfois, je me demande ce qui se serait passé si je n'étais pas partie en furie de chez Max, ce soir-là, après ma rupture avec Vic. Si j'avais été un peu plus patiente. Si j'avais mieux connu Max, en fait. Je l'ai brusqué et, aujourd'hui, je sais bien que c'est la dernière façon d'obtenir quelque chose de sa part. Il doit sentir que cela vient de lui.

Ce qui est arrivé, d'ailleurs, des semaines plus tard. Je ne m'y attendais même plus. Je m'étais retenue à deux mains pour ne pas lui écrire, parce qu'après notre dernière rencontre, il n'était pas question que je fasse le premier pas. Je m'étais trouvée forte de résister, je m'étais haïe aussi un peu de le faire. Puis, un matin, je me suis levée et j'ai vu une notification de sa part sur Facebook. J'avais détesté recevoir ce message sur Facebook, parce que je ne pourrais pas m'empêcher de le lire immédiatement et qu'il le saurait aussitôt. Je savais aussi que c'était pour cette raison qu'il avait choisi Facebook.

J'ai ouvert la messagerie, les mains tremblotantes, le cœur affolé comme un animal pris en cage. C'était un long message, ce qui ne m'avait pas surprise. Max était, *est*, le seul gars avec qui je n'ai jamais senti le besoin de raccourcir mes propres messages. Cela a peut-être l'air d'un détail, mais cela en dit beaucoup.

> Max : Salut, Camille. Salut, Cam. Camille, ça fait sérieux, et ce message le sera, mais ça ne fait pas *nous*, je trouve. Peut-être que tu me trouves présomptueux en criss d'utiliser le terme « nous », alors que je l'ai rejeté si brutalement, ce « nous », la dernière fois qu'on s'est vus. (Comme tu m'as toujours dit que j'étais un peu prétentieux, au moins là-dessus, ça ne sera pas différent.) Ça fait depuis ce soir-là que j'ai envie de t'écrire, mais je n'arrivais pas à trouver les bons mots. Je ne sais pas si ça te fera plaisir ou non que je t'écrive. Après ma lâcheté de l'autre fois, je prends le risque quand même. Écoute, je ne sais pas trop quoi te dire encore, ou plutôt, je ne sais pas comment te le dire. Ce que je sais, c'est que tu manques à ma vie. Vic aussi, seulement je pense que c'est irréparable avec lui. Et je sais que ça ne te regarde plus, mais c'est encore un peu difficile pour moi de vous dissocier l'un de l'autre dans ma tête. Sauf que ce que j'ai réalisé (je suis lent à en venir au vif du sujet, je m'excuse), c'est que ça me rend triste de le perdre, mais te perdre toi me rend encore plus triste. C'est tordu parce qu'on ne se connaît pas depuis bien longtemps, enfin, depuis bien moins longtemps que je connais Vic, mais c'est comme ça. Honnêtement, après tout ce qui s'est passé, je ne pense pas qu'on puisse être ensemble, toi et moi… du moins, pas maintenant. C'est trop de trahison, c'est juste trop de tout, en si peu de temps. Quand

même, j'aimerais te voir, te parler… j'aimerais simplement t'avoir dans ma vie. Ma vie est meilleure quand tu es dedans. C'est peut-être égoïste, ce n'est peut-être pas assez pour toi, ou je me suis peut-être encore fait des milliers d'idées et, au fond, tu n'as jamais voulu être autre chose qu'une amie. Tant mieux si c'est ça. (Ça sonne sincère ? J'y travaille.) Enfin, voilà. Je m'ennuie. J'aimerais qu'on aille prendre un café. Une bière ? Une bière, c'est plus nous, non ? Enfin, on boira bien ce que tu veux. On n'est même pas obligés de boire, on peut manger aussi. Tu vois le genre ? On fera ce qui te tente, Cam. J'aimerais qu'on soit encore au primaire ; je te pitcherais* une boulette de papier sur laquelle serait écrit : « Je veux qu'on redevienne amis, est-ce que ça te tente ? » Et il y aurait juste des « oui » à cocher, parce que je suis un petit criss, mais je sais ce que je veux. Faque… est-ce que ça te tente ?

J'ai relu son message plusieurs fois. J'ai essayé de déchiffrer les sentiments qui me chaviraient le cœur, comme un navire en pleine tempête que ballotent de grosses vagues parfois enivrantes, parfois effrayantes. Max s'ennuyait, Max voulait de moi. Mais pas comme amoureuse. Pas tout de suite, en tout cas. Étais-je prête à mettre ce désir sur la glace* pour le moment ? Et peut-être même pour toujours ?

Finalement, j'ai simplement écouté mon cœur. C'était lui qui criait plus fort que tout le reste. J'ai répondu.

Cam : Oui.

Puis j'ai ajouté :

Cam : Moi aussi, ma vie est meilleure quand tu es dedans.

Parce que c'était tout ce qui importait.

MAX

Après le fiasco de notre soirée mexicaine, je lui ai donné une journée pour se calmer. Pour me calmer aussi, j'imagine. La deuxième journée, comme je n'avais toujours pas de ses nouvelles, cela a commencé à vraiment me travailler, mais j'ai essayé de rester fort. Parce que, cette fois-ci, je sentais que ce n'était pas moi qui avais eu tort.

Je sais bien qu'après sa rupture avec Vic, c'est moi qui avais écarté toute possibilité qu'il y ait plus entre nous deux. C'est sûr que c'est difficile maintenant de revenir en arrière et de lui dire que je me suis trompé, un peu parce que je suis fier, surtout parce que je sais que je l'avais vraiment blessée en la repoussant. C'est d'autant plus délicat pour moi, parce que depuis que je la connais, Cam a été blessée plusieurs fois, par des gars moins gentils que moi qui, eux, n'avaient pas envie de faire attention à elle, qui préféraient « essayer » juste pour voir « ce qui arriverait ». Le tout se terminant souvent par Cam en train de pleurer dans mon appartement, enragée après tous les hommes de la terre, sauf moi. Chaque fois, je l'ai regardée en me disant que je ne pourrais jamais faire pire que toute cette lignée de connards, tout en redoutant aussi de ne pas être capable d'en faire assez. J'ai constamment peur de ne pas être assez, en général, et surtout pour Cam. Je sais que je serais mieux que ces gars-là, même si je ne peux pas être certain que je ne la blesserais pas.

Du moins, c'était ce que je pensais jusqu'à tout récemment. Depuis quelque temps, je commence à me dire que je serais peut-être assez pour elle, finalement, ou alors c'est que mon désir de l'être est plus grand que ma peur d'échouer. Je ne sais juste pas comment lui dire tout cela sans la faire paniquer. Ou pour qu'elle me croie. Cam a confiance en moi, mais en ce qui a trait à *nous*, j'ai l'impression qu'elle a abandonné il y a longtemps. J'ai provoqué cet abandon, j'en suis conscient, ce qui ne rend pas la pilule plus facile à avaler.

Le lundi suivant, je me décide à lui téléphoner à mon retour du travail. Je l'appelle une fois, deux fois. Elle ne répond pas. Je sais qu'elle m'ignore. Elle sait aussi que je suis plus têtu qu'elle. À la douzième fois, elle décroche enfin.

— Tu es sérieux?

— Bonsoir à toi aussi.

— Je pensais que tu comprendrais les onze premières fois que je n'ai rien à te dire pour l'instant.

— Faque, tu comptais, toi aussi?

Silence à l'autre bout du fil. Je devine qu'elle sourit.

— Tu as battu un record.

— Je sais. À dix, j'ai quand même eu une hésitation, tu n'allais peut-être jamais décrocher.

— Bon, je t'ai fait douter, c'est au moins ça.

On tombe dans un silence mi-complice, mi-froid. Plus frais que froid, en fait, malgré les non-dits entre nous qui prennent un peu la place de notre chimie habituelle.

— Qu'est-ce que tu faisais?

— J'écris. Enfin, j'essaie.

— Ton mémoire?

— Non, non. Une nouvelle. Mais ce n'est pas yâble*.

Cela me fait toujours rire quand elle me sort des expressions typiques de sa région. Cam s'exprime bien – on ne se rend pas au doctorat en parlant comme une charrue –, mais comme j'aime à le lui rappeler, on peut sortir la fille du Lac, mais pas le Lac de la fille.

— Au moins, tu écris. C'est cool, il me semble que ça fait longtemps que je n'ai pas lu une de tes histoires.

J'adore quand elle accepte de me laisser entrer dans cette partie si intime de sa tête. En lisant les textes de Cam, je la devine dans chaque ligne. Ce n'est pas nécessairement autobiographique, mais cela sonne comme elle. Le ton, les mots, les envolées, les réflexions. Elle met un peu de son âme dans chaque phrase, et cela se sent. Je pense que c'est ce qui fait qu'un écrivain est bon.

— Oui, parce que ça fait longtemps que je n'ai pas écrit quelque chose qui vaut la peine d'être lu.

— Tu n'es pas à l'aise parce que c'est pourri, ou tu n'es pas à l'aise parce que ça parle trop de moi?

Je voulais que ma réplique produise l'effet d'une blague, mais elle tombe dans le vide. Après un silence, Cam reprend:

— Je ne sais pas. En fait, je ne sais pas trop quoi te dire, là. Et je ne parle pas de la nouvelle.

— Je sais, mais ça ne t'a jamais empêchée de me parler quand même, avant.

— On a rarement parlé de ça, avant.

— C'est vrai. Il y a une première fois pour tout, non?

— Techniquement, ce serait une… deuxième? Troisième?

— Oui, je sais, j'essayais seulement de nous donner une chance.

— Tu parles dans la situation présente ou en général?

Je souris. J'ai toujours aimé son sens de la répartie.

— Ça s'applique à tout, j'imagine.

— Tu vois, c'est avec ça que j'ai du mal, Max.

— Quoi ?

— Ton ambiguïté.

— De quoi, mon…

Elle me coupe aussitôt :

— Tu fais des remarques sur nous, mais c'est toujours des demi-remarques. Tu parles en messages codés, tu veux que je comprenne quelque chose que t'es pas *game* de dire à voix haute.

— Cam…

— Non. Je ne sais pas ce qui se passe ces temps-ci, mais quand je te vois, quand on se voit, c'est comme… c'est comme… je ne sais pas.

— Est-ce que je peux parler, là ?

— Oui.

— C'est comme dans le temps ?

Silence à l'autre bout de la ligne. Elle ferme les yeux, elle mâche la peau autour de l'ongle de son pouce, elle se gratte la nuque. Je ne la vois pas, bien sûr. Je le sais parce que je la connais mieux que je me connais moi-même.

Pourquoi est-ce si compliqué ? Cela devrait être simple, pourtant, de tomber en amour*. Le problème avec Cam, ce n'est pas de tomber en amour, cela n'a jamais été le problème. Je l'aime déjà. Tomber en amour, c'est la partie facile. Éviter de s'écraser au sol, voilà la vraie difficulté. C'est de cela qu'on a peur. J'ai peur de me briser les os quand les choses se gâteront, sûrement par ma faute, comme toujours. J'ai peur de briser son corps frêle parce que je n'aurais pas su lui faire pousser des ailes.

Elle n'a pas répondu, parce que son absence de réponse voulait tout dire. J'ajoute tout bas :

— C'est le flou dans ma tête, Cam.

— Je sais. Moi aussi.

— On se donne un peu de temps ?

Silence. J'entends mon cœur battre dans mes tempes. Le sien aussi, un peu.

— J'ai peur qu'on s'en soit peut-être déjà trop donné.

CAM

Il pleut dehors, une pluie laide d'octobre. Elle va bien avec mon humeur. Le café est bondé et je n'arrive pas à suivre le rythme. Les tasses s'accumulent sur les tables sales, j'ai l'impression que je n'en verrai jamais le bout.

— Ça va ? demande Jonathan, le barista avec qui je travaille aujourd'hui.

— Bof, je suis morose.

— Maudite mélancolie d'artiste.

— Pour être artiste, il faudrait que je crée quelque chose.

— Tu crées un mémoire de master, non ? Une chose à la fois, beauté.

Il me fait un clin d'œil et s'en va au fond du café nettoyer les tables pendant que je m'applique à dessiner une feuille avec de la mousse de lait dans un énième latté, je ne me sentais pas d'humeur à faire des cœurs.

Je connais Jonathan depuis que je travaille au café. C'est vraiment un bon gars, devenu un ami au fil du temps. On sort prendre une bière après notre service du soir une fois de temps en temps, et il est toujours là pour me sauver la mise quand je suis plongée dans une humeur comme celle d'aujourd'hui. Il sait que j'ai une propension à la déprime, mais il m'accepte quand même.

La première fois qu'il m'a vue ainsi, ce devait être après ma rupture avec Vic. Dans le temps, j'ai vécu une période un peu sombre. J'avais Max dans ma vie, malheureusement pas de la façon dont je l'aurais souhaité. Je m'habituais à cette nouvelle amitié, j'essayais de me contenter de ce que je pouvais avoir, même si c'était encore difficile. Je n'avais pas appris à l'aimer sans être à lui et lui à moi. Pour m'aider à combler ce manque, j'allais chercher de l'affection, à défaut d'amour, dans les bras d'inconnus.

Ce n'était pas si mal, au début, parce que je les rencontrais dans des bars, on échangeait quelques paroles sans importance au-dessus des verres qu'ils payaient parce que c'était comme ça, et puis on sautait dans un taxi, on se découvrait sous tous les angles pendant quelques heures, avant que je rentre chez moi au petit matin, en me sentant à la fois pleine et vide. Une solution rapide, facile d'accès, comme mettre de l'adhésif sur un tuyau qui fuit, et qui m'écorchait par petits bouts. Évidemment, je finirais par frapper un mur. Dans mon cas, le mur s'est appelé Yan.

Je l'ai rencontré dans un bar, comme tous les autres. Ce soir-là, pourtant, dans ses bras, j'ai découvert une sensation nouvelle, une chaleur qui n'était pas abrasive contre ma peau nue, différente de celle que j'avais éprouvée avant lui. Peut-être que c'est la façon qu'il avait eue de me regarder dans les yeux quand il m'avait pénétrée, ou la délicatesse avec laquelle il avait caressé mes cheveux après nos ébats enflammés. Yan n'était que douceur, du moins au début. Il ne m'avait pas demandé de dormir avec lui, mais il m'avait serrée fort contre lui, et j'étais tombée dans un sommeil profond avant même d'avoir eu le temps de me poser des questions. Plus tard, j'ai compris que ce n'était pas nécessairement romantique, l'aisance avec laquelle il avait décidé pour moi que je resterais chez lui, cette nuit-là. Yan n'était simplement pas le genre de gars qui demande.

On s'est fréquentés par intermittence pendant trois mois. Un amour d'été, aussi passionné et éphémère que les feux de joie sur les Plaines, à la Saint-Jean. Et aussi dangereux. Jamais je n'avais connu autant de passion ni autant de rage. Il mentait comme il respirait, d'une façon qui m'amenait à douter de moi-même. Il rendait mes amies folles et Max complètement dément. Un temps, j'ai pensé que mon amitié avec Max ne survivrait pas aux hauts et aux bas de mon amour avec Yan. J'appelle cela de l'amour parce que je n'ai pas de meilleur mot. Max, lui, se refusait à parler d'amour. Il détestait chaque aspect de la personnalité de Yan. Je me disais alors: «Tant mieux, il n'a pas voulu de moi, c'est tant pis pour lui.» Mais c'était vraiment une pauvre consolation, parce que je souffrais avec Yan. Yan et ses grands yeux noirs, qui savait trop bien quoi dire pour me faire rester. Qui savait comment jouer sur ma compassion, ma sensibilité et mes insécurités pour me garder auprès de lui. Yan aux mains baladeuses et si parfaites quand elles tenaient mes hanches que je ne pouvais pas croire qu'elles en avaient tenu d'autres. Il était tellement doué pour me faire croire que j'étais la seule que ce fut doublement pénible d'accepter que je n'étais somme toute qu'une fille parmi tant d'autres.

Avec Yan, j'ai perdu ma naïveté, et un autre gros morceau de confiance aussi. En moi, surtout. Je suis finalement sortie de cette histoire un beau soir d'août, en me jurant que jamais plus je ne laisserais un homme me mener en bateau de la sorte.

Max l'aurait tué. Vraiment, je pense. Je l'ai perçu dans le vert de ses yeux, un éclair de haine froide que je souhaite ne jamais revoir, quand je suis allée cogner chez lui à trois heures du matin, après m'être pratiquement enfuie de chez Yan. J'ai senti toute la force de l'amour protecteur qu'il avait pour moi et j'ai décidé ce soir-là que cela me suffisait. C'était déjà beaucoup plus que ce que bien des gens peuvent avoir dans une vie.

Jonathan pose sa main sur mon épaule, me tirant de mes pensées.

— Eh, ça va ? Tu as l'air loin.

— Oui, oui, ça va.

Et pour la première fois de la journée, quand je réponds « ça va », j'ai l'impression de dire la vérité.

MAX

Je n'ai revu Vic qu'une seule fois, environ un an après sa rupture avec Cam. J'avais bien essayé de le contacter au début, mais il m'avait fait comprendre par son mutisme persistant qu'il ne tenait pas à me parler.

J'étais dans un pub après le concert d'un groupe de musique indépendant dont ma compagnie faisait la promotion. Appuyé au bar, j'écoutais à moitié ce que le bassiste me racontait parce qu'honnêtement, je n'aimais pas leur musique et je me moquais de leurs sources d'inspiration, et aussi parce qu'une grande rousse me faisait de l'œil, près de la machine à popcorn. J'attendais de finir mon verre et je laissais ma conversation avec un membre du groupe la travailler, parce qu'elle avait l'air du genre de fille qui se vante auprès de ses amies qu'elle a mis le grappin sur le chanteur, même si le chanteur est un vieux bedonnant. Elle dirait qu'elle s'était plutôt rabattue sur le manager, parce que le chanteur du groupe en question avait une forte préférence pour la gent non féminine. Et qu'importe si je n'étais pas vraiment leur manager, que je m'occupais seulement de la promotion. À voir la façon dont elle mâchouillait la paille de son verre en me fixant, je pouvais deviner que chacun tirerait son profit de cette histoire.

Un verre de whisky a brusquement atterri en face de moi. Le verre était tenu par une main, elle-même attachée à un bras qui remontait à une épaule qui menait… à la tête de Vic. Il avait un verre pareil dans son autre main. Je suis resté un instant estomaqué, avant de demander :

— Verre de trêve ?

Je n'osais pas y toucher, même s'il m'était clairement destiné. Vic a pris une gorgée, m'a regardé dans les yeux comme le font les gens quand ils savent qu'ils ont le pouvoir. Un mélange de calme et d'arrogance. Et c'est vrai qu'il l'avait ; je n'étais pas exactement en position de négocier.

— Je n'ai pas décidé encore.

— Prends ton temps. On est plus à quelques minutes près.

— En effet.

Dans ce grand village qu'est Québec, cela relevait quand même du miracle, ou d'un effort surhumain de sa part, qu'on ne se soit pas encore revus jusque-là. Même si nous avions terminé notre licence et qu'il ne risquait plus de me croiser à l'université, nous avions toujours fréquenté les mêmes cercles d'amis, les mêmes bars, les mêmes restaurants. J'ai souvent songé au fait qu'il avait dû changer sa vie afin d'être certain de ne jamais tomber sur Cam ou moi. Elle non plus ne l'avait pas revu. Il nous avait bloqués sur tous les réseaux sociaux. Nos amis communs étaient demeurés muets à son sujet. J'avais quand même appris qu'il avait voyagé, je ne savais pas trop où, quelque part en Amérique latine, je crois. Je n'avais pas eu droit à plus de détails. J'avais été plus chanceux que Cam ; on me tenait à l'écart de ce qui concernait Vic, mais on acceptait ma présence tout de même. Cam, pour sa part, avait été complètement exclue du groupe.

Cela faisait donc un an. Un an à me poser des questions qui restaient sans réponses, et il était finalement là, devant moi, les cheveux un peu plus longs, les épaules un peu plus larges, m'offrant un verre comme si on s'était vus la veille. J'ai réalisé que j'avais le dos trempé de sueur. J'ai réalisé que la rousse avait jeté son dévolu sur le bassiste. J'ai aussi réalisé que je m'en moquais royalement. Vic a proposé :

— On va s'asseoir en haut ?

J'ai pris mon verre et je l'ai suivi, loin du bar, loin du groupe. Je sentais que se préparait une conversation que je n'étais pas certain de vouloir avoir, même si je l'avais longtemps attendue. Je paniquais. Toutes les choses auxquelles j'avais réfléchi à lui dire depuis un an se mélangeaient dans ma tête. En même temps, j'étais content qu'il m'ait pris de court : si j'avais su que je tomberais sur lui ce soir-là, je ne serais peut-être pas venu.

On s'est assis l'un en face de l'autre à une table haute. J'ai avalé une bonne gorgée de whisky. Vic me regardait presque sans cligner des yeux. C'était étrange d'être assis devant lui et d'être si mal à l'aise. Le fait d'avoir perdu le confort de nos silences complices d'avant m'a rendu triste.

— Ça fait du bien de te voir, ai-je lâché pour briser la glace et parce que c'était vrai.

C'était mon plus vieil ami, mon premier vrai ami du secondaire, le gars avec qui j'avais fait les quatre cents coups. Malaise ou non, une partie de moi n'avait jamais arrêté de s'ennuyer de lui depuis la dernière fois qu'on s'était vus.

— Toi aussi. Ça me surprend.

— D'être content ?

— Je n'irais pas jusqu'à dire que je suis content.

Il a souri en coin, un sourire à la Vic. La tension s'est un peu dissipée.

— Je suis surpris que ça me fasse du bien de te voir aussi.

— *Old habits die hard* [10].

— *That's what they say* [11].

On a repris une gorgée en même temps. J'aurais préféré qu'il m'achète une pinte, cela m'aurait donné plus de gorgées à prendre pour démêler tous les mots qui s'entrechoquaient dans ma gorge, mais il est vrai que le whisky avait toujours été notre truc à nous. J'étais touché qu'il y ait pensé.

— Tu dois avoir des questions, ai-je finalement laissé tomber.

Il a ri, d'un rire qui sonnait faux.

— Une ou deux.

— Bon, ben, vas-y. C'est le moment, je pense.

— En effet.

Il a tracé des ronds sur la table avec son verre qui laissaient une traînée humide sur le bois sombre. Je la fixais plutôt que Vic, pour éviter de croiser son regard quand il me poserait la question que je redoutais.

— Est-ce que Cam m'a trompé avec toi ?

J'aurais aimé qu'il me pose la question différemment. Je m'attendais à ce qu'il me demande si j'avais couché avec Cam. Il aurait été beaucoup plus facile de répondre : le sexe, c'est noir ou c'est blanc. On ne peut pas avoir *un peu* couché avec quelqu'un. La définition de la fidélité est tellement plus personnelle. Plus changeante.

— Je n'ai pas couché avec elle, Vic.

— Ce n'est pas ce que je t'ai demandé.

J'avais essayé de contourner sa question, tout en sachant pertinemment que cela ne fonctionnerait pas. Vic lui-même m'avait appris à esquiver les questions, à l'époque

10. Les vieilles habitudes sont tenaces.

11. C'est ce qu'on dit.

où on était un tandem inarrêtable quand on partait à la chasse ensemble dans les bars. Une époque pas si lointaine, qui semblait pourtant révolue depuis longtemps.

— Il va falloir que tu sois plus clair, alors.

— Est-ce qu'elle m'a trompé avec toi ? C'est simple, non ?

— Tu sais que c'est subjectif.

— Tu sais que, si tu dis ça, c'est que tu penses que la réponse est au moins en partie « oui » ?

J'ai avalé mon verre d'une traite et j'ai fait signe à la serveuse de nous en rapporter deux autres.

— Il y a toujours eu quelque chose entre Cam et moi.

— Je sais.

— Bon.

— J'aimerais savoir ce qu'est ce truc.

— Honnêtement, moi aussi. Je ne peux pas l'expliquer. Il y a une connexion entre nous. Je ne me suis jamais senti aussi bien avec personne d'autre. Tu vois ce que je veux dire…

— Oui, oui. Je comprends, a-t-il dit d'un ton sec.

Je me suis tu. Je m'étais laissé emporter. Peut-être que je n'avais pas besoin d'un autre verre, après tout, mais je m'y suis cramponné comme on s'accroche à une bouée de sauvetage, quand la serveuse l'a déposé devant moi.

— Tu sais, je pense qu'au fond, je l'ai toujours su, a ajouté Vic après un long silence.

Il devait commencer à sentir l'effet du whisky lui aussi. Ou il en avait assez de se mentir à lui-même. Sûrement un mélange des deux.

— Je voyais bien la façon dont elle te regardait, comme si tu étais le soleil. Personne n'était aussi cool, aussi drôle, aussi *tout* que toi. J'ai essayé, pourtant…

— Vic…

— Non, écoute-moi. Ça fait un an que je garde ça pour moi.

J'ai pincé les lèvres en silence. On dira ce qu'on voudra, mais sexe avec son ex-copine ou pas, je le lui devais bien. J'avais aimé sa blonde. C'était aussi terrible que d'avoir couché avec elle. Peut-être pire, même. Désirer quelqu'un, c'est hors de notre contrôle. C'est la chimie des corps, l'instinct primal. Mais *aimer* quelqu'un implique qu'on a passé assez de temps avec la personne pour la connaître réellement, pour savoir qu'on la veut plus que pour ses seins, ses fesses ou ses jambes. On veut son essence. Et connaître l'essence de quelqu'un prend du temps.

— J'ai longtemps essayé d'ignorer ce truc qu'il y avait entre vous. J'ai essayé d'être mieux que toi, de lui montrer que je pouvais lui apporter plus que toi.

— Comme quoi ?

Je n'aurais pas dû demander, seulement mon orgueil était piqué.

— Une famille, des enfants, quelque chose de stable, de solide.

— Tu penses que je ne peux pas lui offrir ça ?

— Je ne dis pas que tu ne *pourrais* pas, mais tu ne veux pas vraiment. Ce n'est pas ton style, tout ça.

— Tu n'as pas réalisé que ce n'est peut-être pas son style à elle non plus ?

Je jouais mal mes cartes. J'étais un peu éméché et ma fierté était touchée. Je voulais lui montrer que je connaissais Cam mieux que lui, même si j'aurais dû faire le contraire. J'aurais dû accueillir les insultes et les reproches sans protester, le laisser se vider le cœur. Il le méritait bien, vu les circonstances. Je pensais que Vic se fâcherait, qu'il me contredirait. Mais il a fixé un point au loin un moment puis il a souri, un sourire si triste que mon cœur s'est fendu en deux, en deux morceaux égaux gisant dans ma cage thoracique.

— Justement. C'est quand je me suis rendu compte qu'au fond, je ne faisais que la pousser plus vers toi que j'ai compris. Ça fonctionnait mieux, vous deux, précisément parce que les choses que tu ne pouvais pas lui offrir, elle ne les voulait pas. Tu te souviens comment j'étais avant de la rencontrer, non ?

— Oui.

— J'étais comme toi. Volage, insouciant, tout ça. Elle m'a changé. Elle m'a donné envie de prendre racine, je suis devenu un arbre. J'ai oublié de me souvenir qu'elle était un oiseau.

C'était beau. Vic avait toujours été poétique, d'une poésie insoupçonnée pour un gosse de riche qui en mettait plein la vue à tout le monde. J'avais toujours envié ce talent. Je ne m'étais pas aperçu que lui aussi enviait certains aspects de ma personnalité.

Je voulais lui dire qu'il avait tort, que cela ne s'était pas passé de cette façon, mais les mots sont restés bloqués dans ma gorge. On se connaissait trop bien pour se mentir. Vic a vidé son verre d'une traite. Il s'est levé.

— J'espère que tu la rends heureuse. Elle le mérite.

Je l'ai regardé, surpris.

— On n'est pas ensemble, Cam et moi.

— Quoi ?

— On ne sort pas ensemble.

Il m'a fixé longuement, avant de secouer la tête.

— C'est carrément stupide !

— Pardon ?

— Non mais quel gâchis !

— De quoi parles-tu ?

Il a mis sa main sur mon épaule qu'il a serrée fort.

— Criss, Max. Tant qu'à avoir souffert, j'aurais voulu que ça vous mène au moins quelque part.

Il a enlevé sa main et s'est dirigé vers l'escalier. Juste avant de descendre, il s'est retourné vers moi.

— Ton père a peut-être raison, en fin de compte. Pour un gars aussi intelligent, esti* que parfois, tu ne comprends pas vite.

C'est la dernière chose qu'il m'a dite, celle qui a achevé de rompre le lien si solide qui nous avait un jour unis.

CAM

Un soir, pendant que je sortais encore avec Vic, je textais Max, profitant du fait que Vic travaillait tard. J'avais commencé à me sentir mal par rapport à lui. Je savais bien que Max et moi, on ne discutait de rien de compromettant, mais Vic était de plus en plus tendu, de plus en plus irritable au sujet de notre complicité. Je voulais m'éviter une autre chicane*. Je voulais aussi éviter d'avoir à me poser les vraies questions, je pense.

Max se confiait à propos de Florence. Elle voulait des enfants. Elle ne lui en avait pas parlé, mais il prétendait que cela se pressentait, ces affaires-là.

> Cam : Toi, tu n'en veux pas ?
> Max : Me fais-tu une offre ?
> Cam : Oui, bien vu. Je veux tes enfants, Max, je suis contente qu'on puisse se le dire ouvertement.
> Max : C'est bon, moi aussi, je suis content. C'est important d'être honnête.
> Cam : Donc tu veux des enfants, juste pas les siens ?

J'ai vu les trois petits points gris apparaître et disparaître tandis qu'il composait sa réponse.

> Cam : Je t'en pose une bonne, là, hein ?
> Max : Tu m'en poses toujours des bonnes. C'est en partie ça, le problème.

Cam : Le problème ?

Mon cœur battait vite. Je ne savais pas trop pourquoi. Je sentais juste qu'il s'emballait par rapport aux non-dits qui commençaient à prendre toute la place entre nous.

Max : Laisse tomber.
Cam : Ce n'est pas cool, ça.
Max : Tu sais que je ne suis pas cool.
Cam : Faux, tu es très cool. (Tu n'as pas le droit de me jeter à la figure que je t'ai dit ça.)
Max : C'est mal me connaître que de croire que je ne vais pas l'utiliser contre toi.
Cam : Même si je te le demande gentiment ?
Max : Me fais-tu de beaux yeux à distance ?
Cam : Je cligne super lentement des cils et je me penche un peu aussi…
Max : Tu te penches ?
Cam : Je te donne une vue de mon décolleté. Je te connais, tu sais, mes beaux yeux ne vont pas suffire.
Max : Hahahahaha esti que je t'aime, sérieux.

Je suis restée interdite. C'était la première fois qu'il me disait cela. Je savais que c'était une blague, lâchée sur le moment, que j'étais la blonde de son meilleur ami et que donc, techniquement, il avait le droit de me le dire, parce qu'il aurait dû me voir comme une sœur, et que c'est correct d'aimer sa sœur. Je savais aussi qu'il ne me voyait pas du tout comme une sœur.

J'allais répliquer avec un commentaire sarcastique, essayer de faire dévier la conversation, quand il a réécrit aussitôt.

Max : Flo arrive, je vais te laisser. On doit faire des rouleaux de printemps ENSEMBLE ce soir. Mais… Cam ?

Cam : Oui ?

Max : Je ne pense pas que j'en veux, des enfants. Ni avec Flo ni avec personne, même pas avec toi… Je ne sais juste pas si je ferais un bon père.

À l'époque, je commençais tout juste à comprendre l'étendue des problèmes entre Max et son père. J'allais lui répondre que c'était faux, qu'il faisait de la projection ou quelque chose du genre, une réplique qui l'aurait fait grincer des dents et sourire à la fois, mais il m'a encore devancée.

Max : Nos bébés seraient beaux en criss !

Je n'ai rien répondu, parce que je ne savais pas quoi rajouter vu que j'étais d'accord. Moi non plus, je ne voulais pas d'enfants, ni avec Vic ni avec personne. Pourtant, au fin fond de moi s'était formée l'image fugitive d'un bébé presque roux, un bébé avec mes yeux, un bébé tout petit dans les grands bras maladroits de Max… et je n'avais pas détesté l'idée, pas du tout, même.

Cela a été la première conversation avec Max que j'ai supprimée de mon cellulaire.

MAX

C'est un matin tranquille au travail et je suis en train de tuer le temps sur Facebook quand je reçois une invitation à un barbecue chez Valérie, la meilleure amie de Cam. J'ai une confession à faire: je n'aime pas vraiment Valérie, et elle me le rend bien. Je ne sais pas trop d'où vient cette animosité à peine dissimulée entre elle et moi. Je crois qu'elle me soupçonne de faire perdre son temps à Cam en prenant toute la place dans sa vie, de la priver potentiellement des choses qui la rendent, elle, si *accomplie*. Elle doit penser que, si je n'étais pas là, Cam et elle pourraient partager des vies similaires de femmes mariées, habitant en banlieue avec leur mari et plein d'enfants trop blonds courant partout avec des taches de Mr Freeze sur leurs polos blancs au format miniature. Valérie espère cela pour Cam, mais je crois aussi qu'elle sait que cela n'arrivera pas. Que ce n'est pas ce que son amie souhaite, au fond. Bref, elle ne m'aime pas parce qu'elle pense que je prive Cam de toutes les joies d'une vie rangée, d'une vie de couple, du moins, et je ne l'aime pas simplement parce que nous n'avons absolument rien en commun et aucun désir de trouver un point, autre que Cam, qui pourrait nous unir.

Tout de même, au fil des années, j'ai appris à côtoyer Valérie sans me chicaner avec elle, parce que nous avons pris de la maturité et décidé, comme deux parents dans une garde partagée, que c'était mieux pour l'enfant (l'enfant étant ici Cam) si on faisait semblant de s'apprécier. Donc, quelques fois par année, Valérie m'invite à ses barbecues de banlieusarde, et chaque fois, je décline en prétextant que j'ai autre chose de prévu. C'est là notre entente. Sauf que cette fois, quand Valérie m'invite par politesse au « dernier BBQ de l'année », organisé le samedi suivant, cela fait presque une semaine que je n'ai pas vu Cam. Je n'imagine même pas la tête qu'elle doit faire, dans sa cuisine de femme au foyer des années 1950 au look moderne lorsqu'elle reçoit ma réponse. Elle doit en être tombée de sa chaise que j'ose briser notre accord non écrit.

Cela ne fait pas deux minutes que j'ai accepté l'invitation qu'une fenêtre de conversation avec Cam apparaît en bas à droite sur mon profil Facebook.

> Cam : Est-ce que tu fais de la fièvre ?
> Max : Je suis toujours chaud. Pourquoi ?

Pour toute réponse, elle m'envoie une capture d'écran de la liste des gens participant au barbecue. L'écran de cellulaire qu'elle me montre est différent du sien. L'opérateur mobile de Cam est Koodo, et celui du téléphone en question est Rogers. Je mettrais ma main au feu que c'est Valérie qui a pris la capture d'écran.

> Max : Elle capote, hein ?

Cam ne relève pas ma remarque.

> Cam : Je peux savoir ce qui va nous valoir l'honneur de ta présence ?
> Max : Depuis le temps que tu me parles de ses fameuses ribs, j'ai eu envie d'en juger par moi-même.

Cam : Tout ça pour des *ribs* ?
Max : Pas n'importe lesquels.
Cam : Tu n'aimes pas tant que ça la viande rouge. Il n'y a pas autre chose ? Tu es certain ?

Je prends un instant pour réfléchir à ma réponse.

Max : Écoute, c'est vrai que je trouve parfois que je jouis d'un peu trop de liberté dans ma vie. Donc je me suis dit que j'irais voir Valérie malmener son chum pendant quelques heures, histoire de me remettre les pendules à l'heure.
Cam : Tu n'es pas juste. Il n'est pas malmené, il est soumis. Nuance.
Max : Très faible nuance, si tu veux mon avis.
Cam : Donc il n'y a vraiment rien d'autre ?
Max : Ah oui. Ça me revient. Tu ne m'aimes plus.
Cam : C'est mélodramatique, ton affaire.
Max : Il fut un temps où mon côté *drama queen* te plaisait.
Cam : Hahaha esti, Max, arrête, je vais pleurer. 😢 Ce n'est pas que je ne t'aime plus et tu le sais très bien.
Max : C'est le contraire ?
Cam : Tu joues avec le feu.
Max : Ça aussi, avant, ça te plaisait.

Elle ne répond pas pendant un moment, assez longtemps pour que je me demande si j'ai trop forcé les choses. C'est ce qui arrive lorsqu'on devient tellement à l'aise avec quelqu'un. On en vient à croire qu'il n'y a plus de limites. Et c'est ennuyeux quand l'autre décide que, tout bien considéré, il y en aurait.

Cam : Faque, on se voit samedi ?
Max : Je passe te prendre ?
Cam : Non, c'est bon, on se verra là-bas. J'y vais en avance pour aider Valérie.
Max : Chanceuse. J'aimerais bien, moi aussi, aider Valérie.
Cam : Menteur.

Je souris, et avant même que j'aie le temps d'ajouter quoi que ce soit, mon patron m'appelle pour me demander de venir dans son bureau et je m'empresse de fermer Facebook. Décidément, la journée va être longue.

CAM

J'arrive chez Valérie en début d'après-midi. Le vent d'octobre me fouette le visage quand je sors de ma voiture, mais je sais qu'on sera bien, une fois dans sa cour arrière, près de son grand foyer extérieur. Il y a certains avantages à la vie rangée. Valérie vient m'ouvrir, le sourire aux lèvres, habillée chic, mais décontractée. La maison de mon amie est à son image: belle, ordonnée, calme. Je sais que, pour la plupart des gens, Valérie incarne la réussite. Je sais aussi que sa vie la comble, même si, pour moi, c'est un peu difficile à concevoir. C'est simplement que sa définition du succès et la mienne sont diamétralement opposées. Je ne me suis jamais vue comme une fille avec des buts traditionnels dans la vie. Je veux dire, j'ai vingt-cinq ans, je m'embarque pour cinq années d'études encore; même avec Vic, le chum le plus stable que j'ai eu, je n'ai jamais caressé que du bout des doigts le projet d'avoir des enfants. L'idée de prendre racine quelque part pour y demeurer à jamais me tenait éveillée la nuit alors qu'il nous planifiait un futur: une maison, un chalet, des enfants, deux semaines à Old Orchard l'été. J'avais créé cette envie chez lui, me disait-il.

De mon côté, est-ce que c'est parce qu'il n'était pas le bon que je n'ai jamais développé le désir de porter un petit être en moi, ou est-ce que je n'ai tout simplement pas cette fibre? Je n'aime pas trop penser à la façon dont je réagirais avec une personne que j'aurais confectionnée dans mon corps. Un petit humain qui serait un peu de moi et un peu de quelqu'un que j'aime, qui aurait mes cheveux, ses yeux, mon tempérament et son rire espiègle, un amalgame de tout ce qui est beau chez moi et chez lui. Je suis peut-être une grande peureuse, au fond, mais je ne suis pas certaine que mon désir de créer un petit miracle comme celui-là arriverait à supplanter ma peur de perdre ce bonheur. Parfois, je me dis aussi que je n'ai pas eu de mère assez longtemps pour être en mesure de faire un bon travail quand viendrait mon tour.

Dans la cuisine, Valérie prépare ses kebabs en bavardant. Je nous sers un verre de blanc et je coupe des légumes avec attention. Sa voix me berce, même si je ne l'écoute qu'à moitié. Sa légèreté me fait du bien. La vie est simple pour Valérie ; elle est tellement certaine de ce qu'elle veut et de ce qu'elle ne veut pas. Cela fait partie des raisons pour lesquelles j'aime la côtoyer. Avec elle, il n'y a pas de doutes, pas de remises en question. En sa compagnie, j'arrive à mettre de côté mes propres angoisses.

— Tu as arrêté de m'écouter, hein ?

Elle sourit, elle n'est pas offusquée. Elle range les kebabs au frigo et prend une gorgée de vin.

— Tu me parlais de la couleur des cravates des garçons d'honneur.

— Cam ! C'était il y a dix minutes !

— Oups…

Elle éclate de rire et se sert un peu plus de vin. Elle m'offre un autre verre, que je refuse. Je veux avoir la tête claire quand Max sera là. Je me sens nerveuse à l'idée de le voir. Cela ne m'était pas arrivé depuis longtemps. Cela me fait bizarre.

— Faque, va-t-on parler du fait que Max vient à mon barbecue ?

Val darde sur moi son fameux regard inquisiteur.

— J'espérais que non…

— C'est bien mal me connaître.

— Non, non, je savais bien qu'on finirait par en parler. J'ai juste dit que *j'espérais* que ça n'arrive pas.

Elle dépose son verre sur le comptoir, s'adosse contre l'îlot, en face de moi.

— Tu sais ce que j'en pense, Cam.

— Tu ne sais même pas ce qui s'est passé.

— J'ai des soupçons.

— Par exemple ?

— Par exemple, je sais que Max n'aurait pas accepté l'invitation s'il n'avait pas quelque chose à se faire pardonner. Il ne vient certainement pas juste pour goûter mes *ribs*.

Sa réponse me fait rire un peu.

— C'est ça qu'il a dit, en plus. Tu vois, vous avez plus de points en commun que tu le crois !

— Toi.

— Quoi ?

— Toi. On a toi en commun, lui et moi. C'est à peu près ça.

Je sais bien qu'elle a raison. Max est libre, intense, changeant. Max, c'est un orage sur l'océan. Valérie est calme, décidée, prévisible. Val, c'est l'eau d'un lac. C'est à se demander comment je peux être si proche de l'un et de l'autre. Sans doute parce que chacun d'eux m'apporte quelque chose de différent.

Valérie termine son verre puis reprend :

— Dis-moi juste une chose…

— Quoi ?

— Est-ce que tu es en train de te dire que j'avais raison ? Par rapport à vous deux ?

Je prends le temps d'y réfléchir, même si, au fond de moi, je connais déjà la réponse. Je ne sais pas ce qui s'est passé dernièrement pour que l'amitié entre Max et moi perde de sa stabilité. J'avais toujours cru que si cela devait arriver un jour, il y aurait un élément déclencheur, un changement important. Genre Max qui rencontre une fille, avec qui cela commence à être sérieux, qui s'éloigne de moi. Je pensais qu'il me faudrait une série de facteurs déchirants pour me faire admettre que la place que j'avais dans sa vie n'était pas assez grande pour moi et pour oser lui en parler. Le problème, c'est qu'en apparence, rien n'a changé, et pourtant, brusquement, mon corps en veut plus, mon cœur aussi. Et je ne veux pas me sentir coupable de le désirer, seulement je ne sais pas comment ébranler cet équilibre que nous avons si chèrement acquis au fil des années. Nous avons bâti tant de barrières entre nous pour protéger ce que l'on croyait essentiel que je ne sais plus par où commencer. J'ai peur de frapper la mauvaise pierre et que tout s'écroule.

— Je ne sais pas si je pense que tu as raison. Je commence juste à croire que c'est peut-être nous qui avions tort.

Valérie me prend la main et me regarde avec tendresse.

— Dis-le comme tu veux, beauté, mais c'est du pareil au même, si tu veux mon avis.

MAX

Dès que j'entre chez Val, cela me rappelle aussitôt la maison de mes parents, mais en beaucoup moins extravagant (je lui donne encore quelques années avant d'atteindre l'apogée du luxe et du superflu). Reste que la *vibe* est la même. Tout est à la bonne place, tout est propre et bien aligné. J'ai envie de déplacer quelques livres dans la bibliothèque, de pousser un cadre pour qu'il soit un peu de travers. Ce n'est pas que ce n'est pas beau, non ; c'est que c'est trop parfait. Et je ne fais pas confiance aux choses qui semblent parfaites. Cela cache en général des secrets.

Mes parents en sont un bon exemple. Sur le papier, ils sont impeccables. Mon père est médecin, il court encore des marathons et fait souvent des dons à des œuvres de charité. Ma mère est plus jeune que lui, elle travaille pour une organisation à but non lucratif à temps partiel, juste assez, pas trop. Elle est encore belle malgré son âge, elle est élégante et posée. Les deux sont engagés dans leur communauté, parrainent un enfant au Kenya ou au Pérou, ou je ne sais plus quel pays dans la misère, et ils voyagent dans un pays exotique une fois par année. Ils sont mariés depuis plus de vingt-cinq ans. Une relation sans pli, sans faux pas. Du moins, en apparence.

Quand j'avais quinze ans, j'ai surpris mon père avec sa secrétaire. C'était stupide, cela n'aurait pas dû arriver. Je suis revenu de l'école plus tôt, j'ai ouvert la porte de son bureau pour aller chercher quelque chose, je ne me souviens même plus quoi, et j'ai trouvé mon père bien installé entre les jambes de Sandrine, sa secrétaire, qui me faisait secrètement bander depuis des mois. Il n'a pas paniqué. Il s'est relevé, a replacé le collet de sa chemise et a demandé à Sandrine d'aller l'attendre à l'entrée. Elle m'a frôlé en sortant, les yeux baissés. Une fois seuls, il m'a suggéré froidement que ce serait mieux pour tout le monde que je garde cela pour moi. Je ne voulais pas faire de peine à ma mère, n'est-ce pas? Elle ne gagnerait rien à savoir ce qui s'était passé ici. Il ne m'a pas promis de ne pas recommencer. Mon père ne fait jamais de promesse qu'il n'a pas l'intention de tenir. Je n'ai rien dit. Je suis sorti à reculons du bureau et suis allé dans ma chambre.

Je me souviens d'avoir pensé qu'il était complètement insouciant, voire fou, d'agir ainsi, et que tous ses mensonges finiraient par lui exploser en pleine face. Quelques mois plus tard, j'ai décidé de tout avouer à ma mère, en me sentant coupable au plus haut point de ne pas l'avoir fait avant. Quand elle m'a répondu d'une voix aussi posée que d'habitude «Pensais-tu vraiment que je ne le savais pas?», j'ai compris à quel point mon père contrôlait étroitement chaque aspect de sa vie, et que nous n'étions en fait que des pions sur son échiquier de fausse famille exemplaire. À partir de ce moment-là, je me suis rebellé. Je me suis laissé pousser les cheveux, j'ai commencé à fumer de la weed, à écouter de la musique métal que je n'aimais même pas, juste parce que je savais qu'elle faisait grincer des dents mon père. Je me suis fait tatouer puis, quand j'ai eu l'âge, j'ai suivi des cours de moto. J'ai couché avec une fille dans le lit de mes parents. Puis une autre. Je cherchais le chaos, j'avais envie d'exposer le mirage de la vie parfaite, maintenant que j'en avais vu les dessous crasseux.

Aujourd'hui, je me suis évidemment calmé, mais je suis resté marqué. Je suis allergique aux endroits trop purs, trop blancs. Comme la maison de Valérie. Cela commence bien.

CAM

Dans la maison de Val, il y a beaucoup de photos. C'est la seule dérogation au style épuré des lieux. Elle en a sur les murs, accrochées au frigidaire, sur des tablettes. Une en particulier, retenue contre le frigo par un aimant rapporté de Cuba, attire mon attention. C'est un cliché pris au chalet des parents de Valérie, il y a quelques années. C'était la fête de Val, et Dave, son chum, aujourd'hui son fiancé, lui avait organisé une fête surprise. Sur la photo, il y a quelques couples d'amis qui dégustent du vin sur le quai derrière la maison. Valérie est au centre, avec un chapeau de fête sur la tête, et en arrière-plan, près de l'eau, il y a Vic et moi. Je ris et il me regarde. On a l'air bien, en amour. Cela me fait sourire et me rappelle qu'il y a eu des moments doux, aussi. Et puis l'eau me fait penser à mon père. J'ai toujours imaginé que mon père aimerait pêcher au chalet des parents de Val. C'est drôle que mon père n'ait jamais été un fan de Vic.

Il ne le détestait pas, seulement je voyais très bien qu'il ne comprenait pas ce que je lui trouvais. Mon père est un homme de petit village, un menuisier, un homme simple et sans flafla. Vic était un fils de riche, avec un style un peu hipster et des cheveux toujours soigneusement dépeignés. Mon père ne pouvait pas concevoir que quelqu'un puisse mettre autant de soin à « se placer les cheveux pour avoir l'air de ne pas les avoir placés » ou « se raser le torse pour avoir l'air d'un ado prépubère ». Vic s'étonnait que mon père puisse préférer ses traditionnelles O'Keefe aux bières de microbrasseries qu'il essayait de lui faire goûter. Dès le début de ma relation, j'ai accepté que le courant ne passe jamais parfaitement entre eux. Ce n'était pas douloureux, c'était une évidence. C'était correct aussi, comme nous n'allions pas souvent dans ma région natale, de toute façon. Et puis, peut-être qu'au fond, je savais que cela ne fonctionnerait pas, Vic et moi, et que cela ne valait donc pas la peine de m'en formaliser.

Le premier Noël après ma rupture avec Vic, je me suis retrouvée à casser les oreilles de Max avec de la musique de Noël sur la route enneigée du parc des Laurentides (surnommé le Petit Parc par ceux du coin) qui mène à mon village. Il m'avait appelée en panique deux jours plus tôt : ses parents partaient dans les Caraïbes et il se cherchait un plan pour éviter de les accompagner. Ma petite sœur était repartie en voyage, quelque part en Asie, et il manquait un enfant à mon père. Le tout avait été réglé en moins de cinq minutes. J'étais encore plus nerveuse de présenter Max à mon père que je ne l'avais été dans le cas de Vic. Peut-être parce que Max était lui aussi un gosse de riche, bien que moins « entretenu » que Vic. Mais c'était surtout parce que, bien que j'aie averti mon père que Max était seulement un ami, il ne m'avait pas crue. « Je n'ai jamais entendu parler d'une fille qui amenait un ami gars dans sa famille à Noël. Quel genre d'ami est-ce donc ? », m'avait-il demandé au téléphone la veille. J'avais simplement répondu : « Le genre d'ami qu'est Max pour moi. » Mes émotions à fleur de peau et ma créativité, je les tiens de ma mère, paraît-il. Ma tête de cochon, elle, est sans aucun doute une offrande paternelle.

— Tu as l'air stressée, ma grande. C'est quoi, tu penses que ton père ne m'aimera pas ?

Le soleil de décembre tapait sur la voiture, il faisait chaud à l'intérieur, même si le paysage autour semblait cristallisé dans l'air si froid qu'on aurait pu l'effriter. À la radio, Michael Bublé chantait que c'était l'heure de se coller, car il faisait froid dehors.

— C'est un peu ça, pour être franche.

— Pourquoi ? Les parents m'adorent.

Je lui ai jeté un regard incertain. Il a expliqué :

— Je parle des parents au sens large, bien sûr. En général, tous les parents m'adorent… sauf les miens.

Il m'a fait un clin d'œil espiègle. Peu de gens peuvent faire des clins d'œil sans avoir l'air complètement ridicules. Max est l'un de ces élus.

— En plus, je pars avec un avantage sur Vic.

— Lequel ?

— Je ne couche pas avec toi.

J'ai gardé les yeux sur la route. L'air s'est figé un peu aussi dans le cocon chaud de ma voiture puis le moment est passé. On était devenus drôlement bons pour gérer ces relents d'ambiguïté.

Pour m'assurer que la soirée se déroulerait bien, j'avais préparé des sujets de conversation, des anecdotes, des jeux, tout le kit. Finalement, Max est arrivé, il a serré la main de mon père, et les deux hommes se sont regardés des pieds à la tête comme deux coqs. Puis le sourire de Max a fendu son visage quand il a remarqué quelque chose dans le fond de la pièce.

— Est-ce que c'est une…

Il s'est avancé dans le salon et s'est accroupi devant une des dizaines de cannes à pêche calées contre le mur du fond. Je ne comprenais pas ce qu'il y avait d'impressionnant là-dedans. De toute évidence, un des modèles avait attiré son attention. Les yeux de mon père ont suivi Max puis une étincelle y est apparue quand il l'a vu tâter une des cannes à pêche.

— Tu pêches ?

— *Does a bear poo in the woods*[12] ?

— Pardon ?

— Oui, je pêche. Tout ce qui m'éloigne du monde, de la ville et de mes parents me remplit d'une joie que je n'ai pas les mots pour décrire. Quel genre de joie, Cam ?

— Euphorique ?

— Voilà. Merci.

C'est le seul mot que j'ai placé pour un long moment. Je les ai perdus dans une discussion animée sur les types d'hameçons et les bons *spots* de truites, le tout arrosé de quelques O'Keefe. C'est beaucoup plus tard que Max, un peu éméché, s'est levé en s'exclamant :

— Ah ! J'avais apporté quelque chose !

— Max…

Je me souvenais que mon père n'avait pas aimé le cadeau de Vic, l'année précédente. J'ai eu peur que sa douce camaraderie avec Max ne tourne au vinaigre.

— Non, non, fais-moi confiance, a-t-il dit devant mon père qui me regardait avec des yeux rieurs.

Il a sorti une bouteille de whisky de son sac et l'a déposée sur la table. Je ne connaissais pas la marque, mais j'ai vu sur le visage de mon père que Max venait de gagner des points.

— Tu as du goût, jeune homme.

— C'est ce qu'on me dit souvent, a ri Max en nous servant trois verres.

---

12. Est-ce qu'un ours fait ses besoins dans la forêt ? Tournure idiomatique qui signifie que la réponse à la question qui a été posée est évidemment « oui ».

C'était vraiment trop fort pour mon cerveau déjà bien imbibé d'alcool. Quant aux hommes, ils ont eu l'air de se régaler. Cela me suffisait amplement.

— Pourquoi est-ce que tu ne sors pas avec ma fille ? Elle n'est pas assez bonne pour toi ?

— Papa !

J'étais horrifiée. Mon père et Max se sont toisés.

Calmement, Max a répondu :

— Ce n'est pas une vraie question, ça. On sait tous les deux que c'est faux.

— Bon point.

— Et puis, Cam… c'est comme une truite arc-en-ciel prise dans un recoin rocailleux.

Je ne comprenais rien, mais mon père a hoché la tête, comme si Max venait de parler tel un grand sage. Puis ils ont changé de sujet.

Plus tard, pendant que Max s'installait dans la chambre d'ami, je me suis risquée à demander à mon père :

— Qu'est-ce que c'est, le truc de la truite dans le coin de roches ?

Mon père a souri avec les yeux.

— Ta mère l'aurait aimé, lui.

Cette phrase m'a prise de court. Mon père ne parle presque jamais de ma mère.

— Ah oui ?

— Oui.

Mon père a continué d'essuyer les assiettes en silence, l'air pensif.

— Il faut prendre son temps, a-t-il finalement ajouté.

— Quoi ?

Il a déposé la dernière assiette dans l'armoire et lancé le torchon sur le comptoir.

— Avec la truite arc-en-ciel. Il faut prendre son temps.

MAX

Appuyé contre l'îlot en marbre de la cuisine immaculée de Valérie, je mange des restes de *ribs*, seul dans mon coin. Je me sens mal à l'aise, dans cette soirée où je ne suis pas à ma place. Je me retiens de passer mes doigts sales sur le mur avant de sacrer mon camp*. Elle me courrait bien après pour me chicaner. Je ne sais pas si je parle de Valérie ou de Cam. Les deux, peut-être, pas pour les mêmes raisons. Je n'ai même pas encore eu une minute tout seul avec Cam. Je commence à penser qu'au fond, ce n'était pas le meilleur plan de venir ici.

— J'avais raison, finalement, hein ?

C'est Valérie. Je soupire. En ce moment, je n'ai aucune patience pour gérer une confrontation avec elle.

— Comme toujours, je suis sûr.

— C'est vrai, sauf que là, je parlais des *ribs*.

Elle vient s'installer en face de moi. Ses joues sont rosées, ses yeux, juste assez vitreux. Valérie en est à son verre de vin de trop.

— Qu'est-ce qui se passe entre Cam et toi ?

— Écoute, ce n'est pas que je ne veux pas t'en parler, Valérie, mais c'est un peu ça.

J'entends le niveau impressionnant de grossièreté dans ma voix. Je laisse tomber la nourriture dans mon assiette. Je n'ai plus faim, tout à coup.

Je m'attends à ce que Valérie s'offusque, me mette dehors. Cela aurait fait mon affaire, pour être honnête.

Eh bien non, elle se contente de me regarder de cette manière bien à elle, comme si je ne comprenais rien. C'est une des choses qui attisent mon animosité envers elle, cette impression que je dois toujours lui prouver que je suis un grand garçon. Je m'efforce de limiter dans ma vie les gens qui me font sentir moins bien par rapport à moi-même.

Elle prend une autre gorgée de vin et s'accoude sur ses avant-bras, devant moi.

— Essaie donc, pour voir. Je la connais quand même bien, même si ça te tuerait de l'admettre.

— Ça ne me tuerait pas. Ça ne me ferait juste pas plaisir.

Demi-sourire d'un bord et de l'autre de l'îlot. La dynamique change un peu. C'est étrange, mais pas désagréable. Et c'est vrai qu'elle marque un point.

— Je te fais l'histoire courte, dis-je en essuyant ma bouche tachée de sauce barbecue.

— Bien, je n'ai pas toute la soirée.

Un autre demi-sourire. Je ne savais pas que Valérie pouvait avoir autant de mordant. Je l'ai toujours trouvée trop stricte, mais c'est vrai que je n'ai jamais vraiment pris le temps d'apprendre à la connaître non plus.

Je lui raconte l'éloignement, les doutes, la relation changeante entre Cam et moi, avant de conclure :

— Je ne veux pas lui faire de la peine. C'est dur.

— Qu'est-ce qui est dur ? Concrètement ?

C'est une bonne question. En fait, cela me surprend d'être aussi ouvert avec Valérie, plus que je suis capable de l'être avec Cam. C'est plus facile parce que Valérie n'est pas directement impliquée dans la situation. Ce ne serait pas pareil de tout avouer à Cam, parce que sa réponse importerait plus que mes mots à moi.

— Je pense que ce qui est difficile, c'est que je suis son ami. Donc je veux ce qu'il y a de mieux pour elle…

— Et tu penses que tu n'es pas ce qu'il y a de mieux pour elle ?

C'est dur à entendre, dit aussi crûment que cela, de la bouche de Valérie. C'est dur aussi de réaliser que c'est ce que je pense de moi. D'ailleurs, comment pourrait-il en être autrement ? J'ai vu la lignée de filles passer dans mon lit et ne jamais rester. Je me suis vu, *date* après *date*, leur trouver des tonnes de défauts : leurs cheveux faussement blonds, leurs dents trop grandes ou leurs sourcils trop rapprochés. Je me suis vu me défiler aussitôt que cela risquait de devenir sérieux. Je ne pourrais plus jamais me regarder dans le miroir si je faisais cela à Cam.

Valérie m'observe comme si elle suivait le cours de mes pensées. Pour une fois, j'ai l'impression qu'elle n'a peut-être pas tort de se méfier de moi. Si j'ai des doutes par rapport à mes propres agissements, je ne peux pas vraiment blâmer Valérie de partager les mêmes hésitations, non ?

— Je ne sais pas, je ne sais plus… En étant son ami, c'est difficile de juger.

Valérie soupire et se redresse un peu. Elle a l'air drôlement lucide tout à coup.

— OK, on va mettre ça au clair une bonne fois pour toutes. Tu n'es pas son ami.

— Pardon ?

— Tu n'es pas son ami. Moi, je suis son amie.

— De quoi tu…

— Donne-moi une chance de m'expliquer, veux-tu ?

Je me tais, ce qui est le mieux que je puisse faire actuellement, parce que je sens une bouffée de rage qui remonte dans ma gorge. Val se lance :

— Tu as toujours pensé à elle comme une amie? Tu ne t'es jamais demandé comment ce serait si tu posais tes mains sur elle ? Quand elle vient à toi pour célébrer une bonne nouvelle, tu n'as jamais envie de l'embrasser? Quand elle est triste, tu n'as pas envie de passer tes doigts dans ses cheveux, sur son corps, jusqu'à ce que ça passe? Tu ne t'es jamais dit, pendant un rendez-vous avec une fille, qu'elle était bien, mais que Cam était mieux? Que Cam était plus belle, plus drôle, plus *tout*?

Valérie prend une pause, pour bien m'asséner le coup final :

— Tu n'es pas son ami, Max. Moi, je n'ai jamais pensé à elle comme ça. C'est ça, un ami.

Là, je ne garde plus le silence parce que je suis fâché. Je le garde parce que ses mots me laissent bouche bée, parce qu'elle vient de décrire parfaitement comment je me sens chaque fois que je vois Cam. Je ne savais pas que Valérie avait un regard aussi perspicace sur ma relation avec Cam. Je pensais qu'elle n'y comprenait pas grand-chose. J'imagine que j'ai un peu tendance à sous-estimer les gens.

Elle me regarde me débattre avec la vérité qu'elle vient de me lancer au visage. Ses joues sont encore plus rouges qu'avant, à cause de son envolée lyrique, cette fois. Elle ajoute, plus doucement :

— Je sais que tu as peur de ne pas être assez... Je peux comprendre.

Je n'ose pas lui demander si elle entend par là que c'est normal de se poser des questions ou que je ne suis pas assez bien pour Cam. Je n'ai pas vraiment envie de le savoir, ce soir. Devant mon silence, Valérie poursuit :

— Elle, là-dedans, qu'est-ce qu'elle en pense? Lui as-tu déjà demandé?

— Pas avec ces mots-là, non.

— Je le savais. Esti que vous êtes peureux.

— Peureux ?

— Bah oui. Vous vous pensez *yolo*, *free spirit*, *all that*[13].

Elle a beau le prononcer avec son accent, « yôlô, fri spirite, all datte », je comprends le principe.

— Vous aimez vous convaincre que vous protégez votre amitié en agissant comme ça, mais êtes-vous vraiment heureux ?

La voix de son chum qui l'appelle depuis la cour m'évite de devoir répondre à cette question. Avant de quitter la pièce, Valérie lâche :

— Réfléchis-y, Max, c'est tout ce que je te demande. Après, tu fais ce que tu veux, mais si tu veux mon avis, il y a des choses dans la vie qu'il ne faut pas laisser passer.

Et elle me plante là, au milieu des restes de nourriture et de ma crise existentielle. Elle avait raison, finalement. Et je ne parle pas des *ribs*.

13. *Yolo* est l'acronyme de « you only live once », « on ne vit qu'une fois » en français. L'expression entière peut se traduire par : « Vous vous voyez comme des esprits libres, bohèmes, qui profitent de la vie, et tout et tout. »

CAM

Les gens ont commencé à partir, mais je reste bien installée devant le foyer. Même s'il fait froid dehors, tout près du feu, bien emmitouflée dans un coton ouaté que Dave m'a prêté, je suis juste bien. Dave est assis à côté de moi, en train de boire sa bière d'un air pensif. Je lui demande :

— Pas trop stressé avec les préparatifs du mariage ?

Il sourit.

— Non. Tu connais Val. Tu sais bien que de toute façon, je n'ai pas vraiment mon mot à dire dans tout ça.

— Et ça ne te dérange pas ?

— Non. Ça la rend heureuse. Ça me va.

Il termine sa bière en quelques gorgées puis se lève.

— D'ailleurs, elle a sûrement besoin d'aide avec la vaisselle.

Il s'excuse et retourne à l'intérieur. Je continue de savourer mon vin rouge, heureuse d'être seule. J'ai bu bien plus que ce que j'avais planifié, ce soir, et je vais devoir rester à dormir ici. Avec Max qui était là, et que j'ai évité toute la soirée, je crois que cela m'a poussée à beaucoup trop lever le coude.

J'entends la porte du patio coulisser derrière moi. Je ne tourne pas la tête pour regarder qui approche, trop alanguie pour bouger. Max s'assoit sur la chaise à côté de la mienne.

— Il faut accorder ça à Val, elle sait recevoir.

Je ne réponds pas. Max remue sur la chaise, cherche une position confortable. On contemple le feu quelques instants en silence puis il soupire :

— Tu me manques.

— Je sais.

Je prends une gorgée de vin pour décoincer les mots qui se débattent pour sortir de ma bouche. Je réussis à articuler :

— Toi aussi.

— Je sais.

— Qu'est-ce qu'on fait, alors ?

— On fait dur*.

Je ris doucement. Cela sent l'automne et le feu. Je suis bien. C'est une conversation sérieuse qui, pour l'instant, se passe bien. Où va-t-elle nous mener ? Je n'en ai aucune idée. En fixant le foyer, Max poursuit :

— Valérie m'a dit que je n'étais pas ton ami.

— Je sais. Elle n'en démord pas depuis qu'on se connaît.

— Peut-être qu'elle a raison.

— Pardon ?

Je tourne la tête vers lui, la bouche ouverte. Il détache son regard des flammes et le plante dans le mien.

— Elle dit que je ne suis pas vraiment ton ami. Que ce n'est pas comme ça qu'un ami pense, agit, *est*. Et je ne peux pas dire qu'elle n'a pas raison. Je ne suis pas ton ami…

— Tu ne l'es pas ou tu n'as pas envie de l'être ?

Le temps entre nous est comme suspendu, l'air presque solidifié. Si je tendais la main, je pourrais le toucher. Mais je n'ose pas bouger d'un poil.

— Je n'ai *plus* envie de l'être, je pense. J'ai envie d'être plus. J'ai toujours voulu être plus.

— Ce n'est pas ce que tu m'as dit, à l'époque.

— C'était différent, à l'époque.

— Oui, et maintenant, c'est dur.

— Pourquoi ?

— On est allés trop loin, Max. Regarde comment ça s'est passé, cette semaine : t'es-tu senti bien ?

Il fixe à nouveau le feu. La lueur des flammes joue sur son visage. Il a vraiment l'air roux, en ce moment. Je le trouve tellement beau. Ce n'est pas nouveau que je le pense ; il l'a toujours été. Ce qui est nouveau, c'est que je m'accorde le droit de le penser.

— Moi, en tout cas, j'ai trouvé ça dur. Et en plus, ce n'est pas comme si on avait arrêté de se parler. C'était un peu plus bizarre que d'habitude, mais ce n'était pas une absence totale de contact. Mais si ça l'était ? Si les choses tournaient mal ?

— Et si elles ne tournaient pas mal, justement ?

— Je sais que tu veux le croire, sauf que toi et moi, on sait très bien à quel point on ne contrôle pas ça. À quel point on n'est pas bons là-dedans.

Les muscles de sa mâchoire sont tendus sous sa peau. J'ai envie de poser ma main juste là, où le coin de sa mâchoire rejoint son cou, sentir le muscle se tendre puis se détendre sous mes doigts. Je me retiens, encore. J'ai si bien appris à le faire.

— J'en suis au point où j'aimerais croire que, pour une fois, on pourrait bien faire ça. J'aurais envie d'essayer.

— Ne dis pas des choses que tu vas regretter plus tard, Max.

— Très bien. Tu as peur. Moi aussi. C'est normal, je pense. Mais vas-tu être capable de vivre avec ça toute ta vie ?

— Avec quoi ?

— Avec les « si ». Tu sais, là, c'est bien, parce qu'on est célibataires et qu'on a des rendez-vous qui ne comptent pas, avec des gens sans importance. Qu'est-ce qu'on va faire, quand ça va changer? Serais-tu capable de rester la même avec moi, si j'en amène une autre dans les brunchs avec mon père?

— Les brunchs avec ton père, je pourrais m'en passer sans problème.

— Tu comprends très bien ce que je veux dire.

Il y a une intensité dure dans ses yeux. Max est rarement dur avec moi, seulement quand il sait qu'il a raison. Et je le sais aussi, au fond de moi. Je sais que tout, même les brunchs dans sa famille, serait une trahison si ce n'était pas moi qui y allais avec lui. Peu m'importe combien son père peut être narcissique et désagréable, si c'est à moi que revient la responsabilité de lui remonter le moral après! Pas à une autre, à moi. Seulement à moi.

— En tout cas, moi, je sais que je ne serais pas capable. Je n'ai pas envie qu'un autre boive de la O'Keefe avec ton père et parle de pêche avec lui. Je ne pourrais pas le supporter.

Il colle sa chaise contre la mienne et se penche vers moi. Son visage est tout près du mien, sa main glisse sur ma joue, en un mouvement si furtif que je me demande si je l'ai imaginé. Mon cœur laisse des bleus partout dans ma poitrine.

— Max...

— Je ne vais pas t'embrasser.

— Oh.

— Je *t'embrasserai*. Mais tu n'en es pas encore là. Je vais t'embrasser quand tu vas être prête. Il faut que tu saches que moi, je ne peux pas continuer à vivre ainsi encore longtemps.

Il se lève et se dirige vers la porte. J'ai beau avoir soif, soif de lui, je ne bouge pas. C'est étrange, avoir soif d'une personne. C'est beaucoup plus douloureux que de manquer d'eau. Sans réfléchir, je lui demande :

— Comment vas-tu savoir ?

— Savoir quoi ?

Il s'est arrêté et s'est retourné légèrement vers moi. Je ne vois qu'un petit bout de son visage. C'est assez, je peux imaginer le reste.

— Quand tu vas pouvoir m'embrasser.

— Je vais le savoir, c'est tout. Fais-moi confiance.

Cela semble si simple. Lui faire confiance, m'abandonner. Mais si les choses étaient réellement simples, elles seraient déjà réglées, non ?

MAX

J'ai toujours aimé les chiens. Je n'en ai jamais eu, pourtant, même si cela aurait été un investissement intéressant pour un enfant unique avec des parents trop occupés ou pas assez intéressés pour passer du temps avec lui. Je les harcelais constamment pour qu'ils m'en achètent un, mais ils avaient toujours un argument pour me le refuser : je ne m'en occuperais pas assez, ça salit, c'est un coût (ah !). Sans compter l'éternelle question : qu'est-ce qu'on en ferait quand je me lasserais ? J'avais beau répéter que je ne me lasserais pas, ils ne me croyaient pas. C'est vrai que j'avais déjà tendance à changer souvent d'idée, mais avec un chien, cela aurait été différent : je l'aurais aimé pour de vrai. Une autre preuve que mes parents ne m'ont jamais vraiment compris.

Florence avait un chat. La première fois que je suis allé chez elle, ledit chat était couché sur le dossier du divan. Il m'a observé entrer d'un air sérieux. Il était beau. C'était un roux avec des yeux verts. Florence s'est approchée de lui et l'a caressé.

— Tu ne trouves pas qu'il te ressemble ? a-t-elle demandé en souriant.

J'ai regardé l'animal se mouler à sa main en ronronnant d'un plaisir qui ressemblait un peu au genre que j'espérais donner à Florence dans un avenir assez proche.

— Je ne suis pas roux, ai-je rétorqué par habitude.

Je me suis approché à mon tour et j'ai tenté d'imiter les caresses de Florence. J'ai eu droit à un tout autre traitement. Le chat s'est raidi et a miaulé comme s'il venait de voir un mort. Il a fait le gros dos puis il est parti se terrer quelque part, dans un recoin de l'appartement dont seuls les chats connaissent les points d'accès.

— Ce n'est pas le plus sociable, ton chat, ai-je lancé à Florence d'un ton agacé.

— C'est étrange. D'habitude, il veut toujours se coller.

Et on en est resté là. Ensuite, chaque fois que je retournais chez elle, j'essayais d'amadouer son chat. Au début, c'était parce que j'aurais bien aimé recevoir un peu d'amour félin et, par la suite, parce que c'était difficile pour l'orgueil de constater que j'étais le seul être humain qu'il n'était pas capable de sentir. Et puis, je n'ai pas vraiment l'habitude qu'on me dise non, et pour ce chat-là, j'étais un non catégorique.

Un soir qu'on regardait Netflix chez elle, le minou est venu se coucher entre nous. Dès que j'ai fait mine de le caresser, il a déguerpi quelque part sous le divan, passé les mousses et les mottes de cheveux. J'ai lâché un soupir irrité. Florence a souri :

— Ne le prends pas comme ça. Il me fait tellement penser à toi.

— Je ne suis pas sûr d'être flatté…

— Pourquoi ?

— C'est une vraie peste.

— Ce n'est pas une peste. Il est juste sélectif.

Elle m'a regardé de ses grands yeux si magnifiques, et j'ai bien vu qu'elle tentait de me passer un message. C'était à nos débuts, on ne s'était pas encore dit « je t'aime », mais je savais que les mots lui brûlaient les lèvres. Elle continuait de me fixer, en attente. Mais à ce moment-là, je n'étais pas prêt. Je lui ai fait un bisou sur le front à la place. J'ai essayé d'y transmettre toute l'affection que j'avais, à défaut d'amour. Cela n'a pas été assez. Elle a fini par se dégager et a ajouté, avec l'acidité qu'elle seule pouvait mettre dans ses mots :

— Ce n'est vraiment pas une peste, mon chat. Ça t'énerve juste qu'il ne t'aime pas parce que, pour une fois, quelqu'un ne te choisit pas.

CAM

Le lendemain du barbecue chez Valérie, je décide de prendre ma voiture et de partir quelques heures, sans destination, de juste rouler pour rouler. Le master m'énerve, mon travail m'énerve, Max m'énerve, je m'énerve aussi, surtout. C'est difficile de se fuir soi-même. Prendre le volant sans avertir personne, sans planifier où je vais ni quand je vais revenir, est la chose la plus proche de la fuite à laquelle j'ai pu penser – la moins chère, aussi, on ne va pas se mentir. Je serais bien allée parfaire mon corps de rêve à Bali, mais on n'a pas tous les moyens de se payer une évasion moderne en bonne et due forme.

La route a toujours eu un effet apaisant sur moi. C'est peut-être parce que, quand j'étais bébé, mon père m'emmenait en promenade dans son vieux pickup le long du lac lorsque je pleurais et qu'il n'y avait rien à faire pour me calmer. Sûrement aussi parce qu'après le décès de ma mère, c'est devenu notre rituel, à mon père, ma sœur et moi. Les dimanches après-midi, on s'entassait sur l'unique banquette de son Ford 1985 et on roulait sans destination précise. Mon père mettait de la *country* à la radio, quelque chose de doux et de vieux, du John Denver ou du Kenny Rogers, et on chantait sans trop connaître les paroles, sachant seulement que cela parlait de route de terre à l'infini et d'amour quétaine* comme dans les livres. On roulait à en oublier qu'il faudrait revenir un jour. On ne parlait pas beaucoup, parfois pas du tout. On était présents, et c'était assez.

Ma sœur a fini par se lasser de tout cela. Même si elle était plus jeune que moi, elle a vieilli beaucoup plus vite. Vers treize, quatorze ans déjà, elle préférait aller à la plage avec ses amis, ou au cinéma avec des garçons, ou fumer des clopes et boire des Tremblay tablette derrière le dépanneur* avec des jeunes plus ou moins fréquentables. Peu importait l'activité, en fait, tant qu'elle n'incluait ni mon père ni moi. Mon père faisait de son mieux avec elle, malgré la difficulté de gérer les conflits et les abus, avec une fille en crise d'adolescence sans modèle maternel. J'en ai longtemps voulu à ma sœur de nous abandonner ainsi, comme si nous n'étions pas assez bien pour elle. J'ai mis du temps à comprendre que multiplier les attaches était sa manière à elle de se protéger si elle devait un jour nous perdre aussi. Ma sœur se dispersait en amours et en amitiés futiles, parce qu'elle avait peur de s'ancrer trop profondément à une seule place. Elle le fait toujours, d'ailleurs. Sauf que c'est difficile de remplir un vide quand on ne sait plus trop ce qui allait là, à la base.

Pour ma part, je n'ai pas vraiment eu de crise d'adolescence, rien d'autre qu'une phase emo, avec beaucoup de Blink 182 et de Linkin Park, et un été passé avec les cheveux teints en noir, ce qui me donnait l'air d'une Morticia Adams pas sexy. Contrairement à ma sœur, je n'ai jamais cherché à combler mon manque ; je savais déjà ce que c'était et je savais aussi que cela ne se remplacerait jamais. C'était peut-être plus triste, mais c'était aussi plus facile à accepter. Pour moi, la route, mon père, et le grattage doux et constant d'une guitare acoustique en fond sonore, c'était suffisamment réconfortant.

Parfois, je me demande si les choses auraient été différentes si je n'avais pas perdu ma mère. Si je serais capable de faire confiance plus facilement, si je pourrais donner tout mon amour en n'ayant pas peur de tout perdre d'un coup. Et quand j'en arrive à Max, c'est trop facile de blâmer son cœur volage ou sa trop belle figure, ou encore toutes les filles qui sont passées entre ses draps. Le vrai problème, c'est que je n'ai pas envie de creuser jusqu'à la racine de toutes mes hésitations à me laisser aller.

Au fond, je ne suis peut-être pas mieux que ma sœur. Elle a essayé de se guérir de son manque en s'entourant d'une foule d'amis, en voyageant sans cesse d'un pays à l'autre, d'un travail à l'autre, afin de ne pas avoir à se retrouver toute seule avec sa douleur. Moi, je reste ici, tout en fuyant aussi, à ma manière, en évitant de me poser les questions qui pourraient me faire mal. Je dis souvent à Max qu'il devrait régler ses problèmes avec son père ; je ferais mieux de m'occuper des miens par rapport à ma mère. Mais je n'en suis pas capable. Pas encore.

Quelques heures d'errance plus tard, je rentre de mon escapade improvisée et je décide d'appeler Sophie sur Skype. Cela arrive tellement rarement que j'aie le temps (lire plutôt que je *prenne* le temps) d'appeler ma sœur qu'elle a un air tout surpris quand elle apparaît sur l'écran. L'image se fige un instant sur son visage bronzé, un peu plus maigre que dans mon souvenir. Elle a des *dreads* dans ses cheveux, un nouveau tatouage sur la clavicule, des mots que je ne parviens pas à lire, d'un tracé tout en délicatesse.

— Es-tu correcte ? me demande-t-elle aussitôt.

Je devrais vraiment, vraiment l'appeler plus souvent.

— Oui, oui ! Eh, tu as un nouveau *tattoo* ? Papa va capoter.

Sa main frotte distraitement l'encre fraîche sur sa peau.

— Et après, tu te plains que je ne te téléphone pas assez !

— Tu as raison, excuse-moi.

— Tu es sûre que tout va bien ?

— Oui, oui. J'avais juste envie de te parler. Je suis surprise que ça ait été aussi facile, d'ailleurs…

— J'ai le wifi ici. Ça m'arrive une fois par an à peu de chose près. Alors, je gâte tout le monde.

— Tu as appelé papa ?

— Oui, mais je pense qu'il est à son camp de pêche.

— La dernière de l'année.

— La dernière de l'année.

On parle en même temps. On se sourit. Même si l'on n'est pas très démonstratifs, dans ma famille, j'ai soudain envie de prendre ma petite sœur dans mes bras. Je me demande si c'est parce que je suis particulièrement émotive aujourd'hui, ou si l'envie est toujours là et que j'ai simplement appris à la refouler, comme tant d'autres choses.

— J'ai pensé à toi, tout à l'heure.

Elle a l'air surprise. Comme si c'était à ce point étrange que je puisse penser à ma sœur de temps en temps. J'ai envie de lever les yeux au plafond, mais je me calme. C'est le meilleur plan pour qu'elle se fâche et qu'on se boude pendant au moins un mois.

— En quel honneur ?

— Je ne sais pas, j'étais nostalgique…

— Tu es toujours nostalgique. C'est toi qui devrais partir en voyage, parfois, ça te viderait le cerveau.

— Je n'ai pas tellement envie d'avoir le cerveau vide… Avec mon master, ça n'aiderait pas beaucoup.

— Un petit tri d'informations ne te ferait sûrement pas de tort, en tout cas.

— Tu marques peut-être un point, là.

Elle sourit, prend une gorgée dans une tasse en terre cuite. Derrière elle, une grande fenêtre laisse entrer un soleil éblouissant. C'est tout ce que je vois de l'endroit où elle se trouve.

— Où est-ce que tu te trouves dans le monde, là ?

— Australie. C'est dingue, Cam, tu adorerais.

— Est-ce que tu reviens bientôt ?

— Je ne pense pas. Je suis bien ici.

— Est-ce que tu vas rester là-bas ?

— Je ne pense pas non plus.

— Tu sais, un jour, il va bien falloir que tu cesses d'errer.

Elle prend un ton exaspéré :

— Tu sais, un jour, il va falloir que tu te fasses à l'idée que je ne suis pas faite pour rester au même endroit très longtemps.

— C'est dans ta tête tout ça, So.

— Peut-être bien, ce qui ne veut pas dire que ce n'est pas vrai pour autant.

On tombe dans le silence. C'est souvent comme cela, avec Sophie. On est incapables de se parler sans finir par se faire des reproches. Je désapprouve sa vie, elle ne comprend pas la mienne, et contrairement à ma relation avec Valérie ou avec Max, on refuse d'accepter qu'on ne s'entende pas. Cela devrait logiquement être plus facile avec la famille. Ce n'est pas parce qu'on partage le même ADN qu'on est faits pour se comprendre, semble-t-il. Finalement, elle me tend une perche, pour relancer la conversation :

— Comment va Max ?

So et Max se sont rencontrés une seule fois, quand elle était de passage à Québec, entre deux escales en Asie. Une seule fois, et cela a été assez pour la convaincre que Max et moi étions faits l'un pour l'autre. Et que si je n'étais pas assez perspicace pour m'en apercevoir, elle n'hésiterait pas à tenter sa chance avec lui. On s'était disputées là-dessus aussi. « Tu ne peux pas vouloir être seulement son amie tout en refusant qu'il aime une autre fille que toi », avait-elle argumenté. Elle avait raison, évidemment. Bien sûr, je ne le lui ai jamais avoué.

J'essaie de prendre un air indifférent.

— Il va bien.

— Toujours aussi beau ?

— So…

— On ne peut plus rien dire, alors ? J'en déduis que vous ne sortez toujours pas ensemble ?

— Non…

— C'est pour bientôt, au moins ?

— Je ne sais pas, c'est vraiment compliqué.

— Avec une telle paire de fesses, je ne vois pas ce qui est compliqué !

— Il y a plus que les fesses qui comptent dans une relation, So, dis-je, agacée.

— Je sais, voyons. Je te niaise. Bon, sérieusement, là…

— Quoi ?

Au lieu de répondre, elle mord la peau de son pouce, l'air de réfléchir à ce qu'elle va me dire. Je me vois dans ce geste. Je vois aussi un peu ma mère. Je pense qu'inconsciemment, c'est une des raisons qui font que c'est à la fois doux et douloureux de parler avec ma sœur. Je ne me souviens pas bien de ma mère, j'ai oublié beaucoup de détails, mais chaque fois que je vois Sophie, j'ai l'impression qu'une vague de souvenirs resurgit en moi. Pendant quelques instants, je remonte le temps.

— Quoi, So ?

— C'est juste que tu me reproches depuis des années de fuir. Je ne sais pas si c'est vrai, peut-être bien. En tout cas, moi, ça me rend heureuse de bouger, de voyager. Puis il y a plusieurs façons de fuir dans la vie. Certains vont à l'autre bout du monde, d'autres restent sur place. Ce n'est pas parce que tu ne bouges pas que tu ne fuis pas, tu sais.

— Je sais, So. J'y travaille.

— À ne pas fuir ?

— Oui.

Elle sourit, un peu triste. Elle est belle, ma petite sœur, même quand son sourire n'y est pas vraiment. Elle ajoute doucement :

— Tu me diras comment c'est. J'essaierai peut-être un jour.

MAX

Il est midi trente, il a l'air d'être vingt heures trente, il pleut des cordes depuis le début de la journée, j'ai pris froid en me rendant au travail ce matin et cela va rester dans mes os jusqu'à ce que je prenne une douche chaude en rentrant ce soir. Je me promets de bien rester sous l'eau brûlante pendant au moins une heure et demie.

Je ne comprendrai jamais les gens qui aiment l'automne. *Oui, mais les feuilles, oui, mais les couleurs.* Mettons une chose au clair : les feuilles sont de cette couleur parce qu'elles sont en train de mourir. Ce n'est pas beau, c'est tragique. OK, il y a les deux semaines où le paysage se peint de rouge et d'orange. Mais ensuite, on est d'accord que l'automne, c'est *50 nuances de Grey* version sage ? Et on est d'accord que *50 nuances de Grey* version sage, c'est nul ?

L'automne me rend grincheux.

Je suis en train de manger mon déjeuner à mon bureau, j'ai oublié de me prévoir un dessert, je suis en criss contre la vie en général. Mon téléphone vibre dans ma poche. C'est ma mère qui m'appelle. Sur l'échelle des choses dont je n'ai pas besoin présentement, celle-là se situe plutôt au sommet, juste en dessous d'un anévrisme. Et encore, si j'étais arrivé à un stade un peu plus profond dans ma dépression saisonnière, cet ordre serait sûrement à revoir.

Au moins, ce n'est pas mon père. Je gère mieux ma relation avec ma mère, bien que je ne sois pas particulièrement d'humeur à lui parler aujourd'hui. N'empêche que c'est très rare qu'elle m'appelle, donc je réponds, au cas où il y aurait une véritable urgence, parce qu'il me reste un semblant de conscience, j'imagine.

— Allô ?

— Allô, Maxime ? C'est ta mère.

— Sans blague ?

Ma mère oublie toujours que l'afficheur n'est plus payant comme dans le temps. Pour une femme qui met tant d'efforts à paraître jeune, c'est surprenant qu'elle n'ait pas encore appris à maîtriser le concept du téléphone intelligent.

— Bon. Comment vas-tu ?

Je suis surpris. En général, elle en vient directement au but de son appel. Elle doit avoir quelque chose d'important à me demander.

— Qu'est-ce que tu veux ?

— Une mère ne peut pas appeler son fils juste pour prendre des nouvelles ?

— Une mère peut. Toi, tu ne peux pas.

— Tu es un peu ingrat.

— Je sais, mais je n'ai pas changé depuis la dernière fois qu'on s'est vus.

Gros soupir mélodramatique. A-t-elle envie de sourire ? Possible que ce soit juste dans ma tête. N'importe quoi pour égayer ma journée.

— Ton père va recevoir une reconnaissance de la communauté médicale.

— Quel homme !

— Maxime…

— Bon, bon. Qu'est-ce que tu attends de moi, concrètement ? Un courriel ? Un appel ? Je suis prêt à négocier.

— Ta présence.

Je grimace.

— Tu en demandes beaucoup, là.

— Maxime, c'est ton père, et c'est une très grande fierté pour lui de recevoir cette distinction.

— Justement, pourquoi ruinerait-on ce bel événement en y mêlant quelqu'un dont il n'est pas fier ?

— Ton père est fier de toi.

— Écoute, je suis assez vieux pour qu'on arrête de se mentir, non ? Il n'y a pas un âge pour ça ? Il me semble que ça vient quelques années après la fin du père Noël.

— Tu te trompes sur ton père. Il ne montre pas ses émotions, c'est tout.

— Oh, tu m'en apprends !

— Maxime !

— Bon… OK. Je me rends. C'est quand ? C'est où ? Est-ce que je peux venir en jogging ?

— Pas samedi qui vient, l'autre, c'est au Château Frontenac, et non, tu ne peux pas venir en jogging. Veston, cravate, je sais que tu as du style quand tu te forces. Et s'il te plaît, emmène Camille.

Voilà qui me surprend. Et m'énerve aussi. Pas que je ne veux pas que Camille m'accompagne, seulement cela me rappelle la situation entre nous ; déjà que j'essaie de ne pas y penser toutes les trente secondes…

— Pourquoi ? Ce n'est pas ma blonde, tu le sais ?

— Oui, je le sais, mais ce serait bien que tu te montres avec une belle jeune femme à ton bras. En plus, tu te comportes mieux quand elle est là.

— Elle me rend plate* ?

— Elle t'assagit.

— Je vais lui passer le message. Elle va être contente.

— Donc tu vas l'emmener ?

— Je vais *l'inviter*. Camille, contrairement à certaines femmes, fait ce qu'elle veut.

Silence. Je sens que je suis allé un peu trop loin et, honnêtement, je le regrette, même s'il est trop tard pour me rattraper.

— Ce n'était pas très gentil, ça.

— Je sais, je m'en suis rendu compte en le disant.

Je ne m'excuse pas. Je devrais, mais elle m'en a déjà assez demandé pour aujourd'hui. Cela aussi, elle le sait.

— Bon… alors, on *vous* attend à dix-huit heures trente.

— Je vais travailler sur le *vous*.

— À bientôt.

Elle raccroche. Je grogne en repoussant mon repas. Je n'ai plus faim. Je regarde par la fenêtre d'un air morose. Il pleut encore plus fort dehors, je vois mon père dans moins de deux semaines et, en plus, je dois convaincre Camille de m'y accompagner.

Je hais définitivement la vie ces temps-ci.

CAM

La deuxième fois où cela a failli se passer avec Max, c'était lors du deuxième Noël qu'il a passé chez moi à Alma. Ses parents étaient partis aux Bahamas, cette année-là, si je me souviens bien. J'avais confié à Max qu'à sa place, j'aurais accepté d'endurer bien des désagréments, incluant ses parents, si j'avais la chance de me faire bronzer la couenne* quelques jours dans un voyage de riches tout compris. Il avait rétorqué que d'entendre son père se plaindre toute la semaine de la médiocrité du buffet de luxe et de l'inconfort de leur grande suite chic à l'hôtel ne valait pas toutes les couennes bronzées du monde. On avait ensuite débattu de l'origine du mot « couenne », avant que je le réinvite chez mon père. Papa serait content, j'étais contente, Max était content… Quant à ses parents, eh bien, ils ne seraient sûrement pas contents, mais tant pis pour eux.

Mon père et Max entretenaient depuis le Noël précédent une solide *bromance*. Ils étaient amis sur Facebook et je voyais parfois passer sur mon fil d'actualités des vidéos de pêche en haute mer dans lesquelles ils s'étaient mutuellement tagués. Ainsi, cette fois-ci, je n'avais eu aucune inquiétude à amener Max chez moi, autre peut-être que celle d'être exclue de leurs conversations sur les poissons d'eau douce.

Le séjour s'était déroulé aussi bien que celui de l'année précédente, voire mieux encore. Mon père avait initié Max à la motoneige et j'avais compris, à les voir aller, qu'il vient un âge où ce n'est plus le père Noël qui réveille l'enfant chez l'homme, non, c'est simplement l'occasion d'aller vite vite sur une machine qui fait vroum vroum.

La dernière journée avant notre retour en ville, il y avait eu une tempête monstre, le genre de tempête qui nous fait nous demander si on va devoir aller au magasin en ski de fond le lendemain. L'électricité s'était coupée tôt dans la soirée, et on avait fini par manger à la lueur des chandelles et boire du vin jusqu'à en avoir les lèvres et les joues rouges. J'avais ri à en pleurer avec mon père et Max, dans la maison de mon enfance. Il y avait longtemps que je ne m'étais pas sentie aussi comblée. Mon père nous avait quittés tard dans la soirée, titubant un peu jusqu'à sa chambre. J'avais confectionné un nid avec des coussins et des couvertures par terre pour Max et moi. Nous nous étions assis devant le feu de foyer. Dehors, la neige tombait en flocons géants ; à l'intérieur, il régnait une chaleur intense, et je ne parle pas juste de la maison.

Max s'était proclamé maître du feu et il s'en occupait avec un sérieux risible.

— On ne mourra pas de froid en tout cas, ai-je commenté, ironique.

— Je pense que j'aurais pu être un homme des bois.

— Tu es conscient que, dans les bois, tu n'aurais pas accès à du bois sec, du papier journal et un foyer, n'est-ce pas ?

Il a donné encore quelques coups de tisonnier pour déplacer la grosse bûche dans l'angle parfait et est revenu s'installer à côté de moi sur les coussins.

— Tu es dure, tu sais, m'a-t-il lancé.

Je me suis redressée un peu sur les coussins.

— Quoi ?

— Pourquoi te bats-tu toujours aussi fort?

Je déteste quand il répond à mes questions par une autre question. Ce soir-là, il m'avait quand même prise de court. Je ne m'attendais pas à une tournure de conversation aussi… sérieuse.

— Qu'est-ce que tu veux dire?

— Je veux savoir pourquoi tu essaies toujours d'être aussi dure. Moi, je sais que tu es tellement plus douce que tu le laisses paraître là.

Il a mis un doigt à l'endroit où mon cœur battait fort sous mon chandail et ma peau. Il a poussé un peu.

— Je ne sais pas, ai-je avoué.

J'aurais pu répliquer avec du sarcasme, lui envoyer une autre blague, mais la façon qu'il avait de me regarder m'enlevait l'envie de lutter.

— Je ne sais pas trop d'où ça vient, je ne sais même pas si j'ai toujours été comme ça. Je pense que c'est devenu plus facile, un jour…

— Plus facile?

Il a ouvert ses bras et je me suis blottie contre lui. C'était naturel, comme de se laisser entraîner par le courant après avoir essayé longtemps de nager à contresens. Je sentais ses doigts glisser le long de ma colonne vertébrale. C'était un peu déconcertant, mais j'aurais continué de parler toute la nuit si cela avait pu faire en sorte qu'il n'arrête jamais.

— Je pense qu'à force d'être blessée après m'être montrée vulnérable, j'ai décidé inconsciemment que c'était plus facile d'être dure. Que les seules personnes qui verraient mon côté plus doux seraient celles qui avaient fait leurs preuves, celles à qui j'aurais décidé de faire confiance. Le problème avec ça, c'est que j'oublie parfois qu'il y a des gens avec qui je n'ai pas besoin de me protéger.

— Hum.

J'essayais de deviner des dessins dans le tracé de ses doigts dans mon dos, sans y arriver. C'était comme Max : imprévisible, changeant. J'ai fermé mes yeux, juste un instant. Le feu de foyer embaumait la pièce ; mélangé avec l'odeur de Max tout près, la tête me tournait d'une façon des plus délicieuses.

— Hum ? Je t'ai déjà vu plus loquace.

— Je me demandais si tu oublies vraiment que tu n'as pas à te protéger ou si tu as plutôt peur que la personne en qui tu as confiance t'abandonne quand même.

Je suis restée sans voix devant la lucidité de ses paroles.

Doucement, Max a poursuivi :

— Tu sais, Cam, certaines personnes ne partiront pas. Moi, par exemple.

— C'est beau de penser ça, sauf que tu ne peux pas savoir. Ma mère n'avait pas planifié de partir non plus.

Il a soupiré, la pression de ses doigts s'est accentuée.

— Oui, c'est certain. Mais tant que c'est en mon pouvoir, je ne partirai pas.

— Pourquoi ?

— Parce que. C'est différent avec toi.

J'ai tourné la tête vers lui, plaçant mon cou dans une position inconfortable, juste pour mieux le voir, parce que c'était le genre de moment où je ne pouvais pas imaginer ne pas voir sa réaction après ce que j'allais ajouter.

— Oui. Ça l'a toujours été, non ?

Il m'a regardée dans les yeux comme on regarde quelque chose de précieux. Cela a beau sonner quétaine, c'est vraiment ainsi que je l'ai senti.

— Oui.

J'ai su qu'il allait m'embrasser. On le devine toujours un peu avant que cela arrive, comme un signal biologique qui nous prépare : les lèvres qui s'entrouvrent, les paupières qui s'abaissent, pas trop, juste assez pour bien s'aligner, le cœur qui bat un peu plus vite. Je parle des baisers qui signifient quelque chose, pas d'un *french** dans un bar. Je parle des baisers qui sont attendus depuis longtemps.

Et pour nous, c'était le temps. Plus que le temps.

Et c'est aussi l'instant précis où l'électricité a choisi de revenir en un beau gros flash de lumière éblouissante, qui a totalement ruiné notre moment. On a ri, parce qu'il fallait bien en rire. On ne s'est pas embrassés. Le corps, lui, est resté prêt. L'âme aussi.

MAX

Il y a un an environ, un peu après Noël, j'ai failli faire le premier pas avec Cam. Le vrai, du style je te frenche dans le cadre de porte, je t'enlève tous tes vêtements, je te caresse jusqu'à ce que tu réalises que c'est ce que tu veux toi aussi. Je suis conscient que cela sonne un peu comme le mantra des prédateurs sexuels, mais ce n'est vraiment pas cela. Je sentais que si j'osais enfin, si je poussais juste un petit peu, elle succomberait. Qu'elle voulait la même chose, mais que l'initiative devait venir de moi. Je n'ai jamais eu de problème à faire le premier pas avec les filles. Je commençais aussi à voir un schéma qui se dessinait: j'avais beau prendre toutes les initiatives que je voulais avec mes rendez-vous, je finissais toujours par m'en désintéresser. Florence avait été l'exception, et encore, je n'avais jamais été complètement dédié à cette relation. Avec Cam, j'étais en terrain inconnu, alors j'attendais le bon moment, j'attendais d'être certain, j'attendais… en fait, je ne me souviens plus exactement de ce que j'attendais, sauf que là, j'en avais assez d'attendre.

Le soir où j'ai failli me déclarer, c'était un vendredi, on était dans une nouvelle microbrasserie avec Mathieu, un de nos amis, et sa blonde Catherine. Cam était assise en face de moi, Mathieu en diagonale, Catherine à côté de moi. On en était à notre deuxième pinte. L'ambiance était détendue, on discutait et on riait beaucoup. Je regardais Cam souvent, je me sentais confiant, prêt à agir. Je planifiais de la raccompagner chez elle puis de créer le bon moment pour dévoiler mon jeu. Si j'avais su!

Tout s'est enchaîné trop vite. Math racontait une histoire, quelque chose de dramatique, parce que Math est toujours trop dramatique, quand Catherine l'a interrompu d'une exclamation.

— Xavier!

On s'est tous retournés en même temps vers un grand brun qui venait d'entrer dans le bar. Il a cherché la source de la voix, et son visage s'est éclairé quand il a vu Catherine. Il s'est approché de notre table, a serré la main de Math, fait la bise à Cath. Cam et moi avons eu droit à un hochement de tête cordial. On a rapidement compris que c'était le frère de Catherine et qu'elle l'avait invité à se joindre à nous ce soir-là. Il s'est tiré une chaise et s'est assis au bout de la table. Il prenait beaucoup de place, pas tant avec sa voix, plutôt par sa présence. Il était grand, plus que moi, quoique moins large. Il avait une coupe de cheveux et des lunettes de hipster, une mâchoire carrée, le teint pâle, des yeux sombres. Surtout, il regardait Cam avec beaucoup trop d'intensité. Les gars regardent toujours Cam avec intensité, j'y suis habitué. Ce qui était nouveau, en revanche, c'était qu'elle le lui rende. Je m'en suis rendu compte aussitôt, et j'ai senti quelque chose se tordre dans mon ventre.

Plus la soirée avançait, plus je me sentais de trop à cette table, entre le couple qui existait déjà et celui qui semblait en devenir. Chaque fois que Cam riait trop fort en posant sa main sur l'avant-bras de Xavier, je sentais un reflux acide monter dans ma gorge. J'ai terminé ma bière et j'ai tiré ma révérence avant que l'on remarque trop que je n'étais pas à l'aise. Avant, surtout, que je fasse un commentaire déplacé sur le pantalon trop serré du nouvel arrivant.

Le lendemain matin, j'ai reçu un message de Cam. Ma colère était retombée, d'autant plus que son message disait seulement « Brunch ? », ce qui indiquait qu'elle n'avait pas passé la nuit avec Xavier. J'ai aussi réalisé que je n'étais pas si calmé que cela, parce que j'ai eu le réflexe de lever les yeux au ciel quand j'ai pensé à Xavier.

On s'est retrouvés à notre restaurant habituel. Cam s'est glissée sur la banquette devant moi, ses grands yeux bleus bordés de cernes, brillant d'une lueur nouvelle. Il y avait longtemps que je n'avais pas vu cette étincelle dans ses yeux.

— Quelqu'un a pris la pilule du bonheur ce matin, on dirait.

Elle a rougi.

— Tu as l'air d'avoir dormi trois heures, ai-je ajouté.

— Peut-être moins.

J'ai senti mon cœur arrêter de battre. J'ai réussi à garder un ton léger :

— Mauvaise fille.

— Idiot, on n'a pas couché ensemble !

— Qu'est-ce que vous avez fait, alors ?

— On a discuté, c'était cool. Tu sais, pour certains d'entre nous, il n'y a pas juste le sexe qui compte.

J'ai souri. Cela avait un goût amer.

— À la façon dont ce gars-là te regardait, hier soir, je te confirme que ce n'était pas juste discuter qu'il avait en tête.

— Peut-être bien, mais c'est seulement ce qu'on a fait.

— Tu es plate.

— Je sais.

Après un silence, j'ai lâché :

— Pour ton information, ce n'est pas juste ça pour moi non plus.

— De quoi ?

— Le sexe. Il n'y a pas que ça qui compte pour moi, tu sais.

— Où est-ce que tu veux en venir ?

— Rien, laisse tomber.

— Allez !

— Allez, rien. J'ai dit n'importe quoi, tu sais que je dis toujours n'importe quoi.

— C'est vrai…

Elle a plissé les yeux. Elle n'avait pas l'air convaincue.

Pour dissiper le malaise, je l'ai relancée :

— Parle-moi donc de ton nouveau chum au pantalon trop serré.

Elle a eu un petit reniflement amusé.

— Évidemment. J'étais certaine que tu allais me sortir un commentaire déplaisant sur lui ! C'est rapide, cette fois.

— Qu'est-ce que tu veux dire ?

— Chaque fois que je rencontre quelqu'un, il faut toujours que tu le critiques. Marc-Antoine, c'étaient ses cheveux trop crépus ; Étienne, c'était sa bedaine ; Yan, eh bien, Yan…

— Pour Yan, j'avais crissement raison.

— Oui, oui, pour Yan, je te l'accorde. Mais tu vois où je veux en venir…

— Oui, mais je fais pareil avec les filles que je fréquente. À quoi est-ce que tu t'attends ?

La serveuse a apporté nos assiettes. On n'avait même plus besoin de commander tellement on venait trop souvent. Cam a poussé les patates dans un coin de son assiette avant de les imbiber de sirop et de me tendre le contenant. Nos doigts se sont effleurés sur l'anse de la bouteille. J'ai senti le choc jusque dans mon ventre. Je me suis demandé si elle le sentait aussi.

— Tu as raison. Mes standards sont clairement moins inatteignables que les tiens.

— Peut-être qu'ils devraient l'être autant.

— Je passerais ma vie toute seule, si c'était le cas.

— Non, je connais quelqu'un qui serait bien pour toi.

Elle a penché la tête sur le côté, intriguée. Mon cœur battait fort contre mes côtes. L'entendait-elle ?

— Ah oui ? Qui ça ?

— Moi.

Sa bouche s'est entrouverte. Elle a hésité. Puis elle a secoué la tête.

— On sait tous les deux que tu n'es pas sérieux.

— Le sait-on ?

— Max…

— Quoi ?

— Tu fais ça chaque fois.

— Qu'est-ce que je fais ?

— J'ai rendez-vous avec Xavier. Laisse-moi avoir ça, s'il te plaît. Il est sympa, je pense que ça pourrait marcher, avec lui. On sait très bien que tu deviens territorial quand j'ai un *date* et que tu ne penses pas vraiment ce que tu dis.

— Ça n'a pas toujours été comme ça.

— Oui, je sais, mais ça, c'était il y a longtemps. Je te connais maintenant.

— Et maintenant que tu me connais, tu ne me trouves pas *datable* ?

— Au contraire, tu es trop *datable*. Pas capable de regarder dans une seule direction à la fois.

— J'ai une légère tendance girouette, je te le concède.

Elle a souri, elle avait l'air triste un peu, aussi. J'ai pris une gorgée de café. Il était brûlant, mais j'en ai pris une autre quand même. J'aurais pu lui avouer que j'avais pensé à faire le premier pas vers elle bien avant qu'elle rencontre

Xavier, que Xavier n'avait rien à voir là-dedans. Mais cela faisait longtemps que je n'avais pas vu cette expression-là sur le visage de Camille, quelque chose qui ressemblait à du bonheur.

Je l'ai regardée manger ses œufs en souriant distraitement, et j'ai songé que ce n'était peut-être pas mon rôle non plus de lui offrir ce genre de sourire éphémère, ceux qui finissent toujours par passer, comme j'en avais si souvent fait naître et mourir sur le visage des filles que j'avais fréquentées dans ma vie. Ce n'est pas ce que je voulais pour Cam et moi. Je la faisais sourire tous les jours depuis longtemps. Pas de la façon que je voulais, sans doute, mais peut-être que, pour une fois, je devais penser à elle avant de penser à moi.

Quelques mois plus tard, Xavier s'est rendu compte qu'il n'était pas prêt à s'engager ; la situation classique du gars qui a eu ce qu'il voulait et qui prend la fuite quand cela devient trop sérieux. Cam est revenue à la case départ, et j'ai été là pour ramasser les morceaux, encore une fois. J'ai eu la confirmation que j'avais eu raison de rester dans mon rôle d'ami. Si c'était moi qui la brisais, qui l'aiderait à se recoller cette fois ?

CAM

Environ six mois après ma rupture avec Vic, Florence est entrée dans le café où je travaillais. Un hasard. La file était assez longue et elle pianotait sur son téléphone, j'ai donc eu le temps de la voir venir, de me préparer. Elle, un peu moins. Elle a levé les yeux vers le menu au-dessus de ma tête alors que son tour était arrivé, et ses yeux ont stoppé net sur moi quand elle m'a reconnue. J'ai vu plusieurs émotions passer sur son visage; aucune d'entre elles n'était positive. Elle a pincé ses lèvres, exactement comme Max aimait le faire lorsqu'il l'imitait. J'ai eu envie de rire, en y repensant, mais ce n'était pas vraiment le moment.

Par chance, comme la file continuait de s'allonger derrière elle, elle a commandé rapidement en faisant comme si elle ne me connaissait pas. J'ai cru qu'elle prendrait son café et partirait aussitôt, eh bien non, elle était manifestement venue avec l'intention d'étudier, son sac à dos en faisant foi, et ce n'était certainement pas ma présence qui la délogerait d'ici. Je n'ai pu que saluer sa bravoure. Si cela avait été moi, études ou pas, j'aurais pris mes jambes à mon cou.

J'ai essayé de mon mieux de l'éviter tout l'après-midi, mais les clients étaient particulièrement malpropres, ce jour-là, et en fin de compte, je n'ai pas eu d'autre choix que d'aller nettoyer les tables où s'empilaient les serviettes en papier, tasses, restes de muffins et autres. Le café s'est vidé peu à peu. J'avais gardé les tables à côté d'elle pour la fin, espérant qu'elle partirait avant que j'y arrive. Comme elle ne bougeait toujours pas, j'ai dû aller nettoyer tout près d'elle, en souhaitant de toutes mes forces qu'elle continue de m'ignorer. Je me concentrais beaucoup plus que nécessaire sur le va-et-vient de ma main qui frottait la table, lorsqu'elle a dit derrière moi :

— J'ai vu Vic à l'épicerie, il y a quelques semaines.

Drôle d'entrée en matière. Un bonjour aurait fait l'affaire. Elle avait apparemment décidé de ne pas s'embarrasser de ces formalités. Je n'avais plus le choix. Je me suis retournée lentement vers elle, le bac à vaisselle sale sous le bras, l'angoisse au ventre.

— Ah oui ? Comment allait-il ?

— Pas fort.

— Ah.

Manifestement, cette conversation serait comparable à de la calvitie : elle n'irait pas en s'améliorant.

— Ah ? C'est tout ce que tu as à dire ?

— À quoi t'attendais-tu exactement, Florence ?

Elle m'a regardée droit dans les yeux pour la première fois et sa beauté m'a de nouveau frappée. Longtemps, la beauté de Florence avait nourri une insécurité en moi comme seules les trop jolies femmes savent le faire. C'était l'or de ses yeux, le noir de ses cheveux et la perfection presque photoshopée de sa peau de lait... C'était une des choses avec lesquelles j'avais appris à composer. Pas simplement la beauté de Florence, mais la propension qu'avait Max à *dater* des femmes magnifiques. Et la propension qu'elles avaient, elles aussi, à tomber amoureuses de lui en retour.

Ce jour-là, en revanche, Florence était différente. Pas moins belle, loin de là, peut-être plus triste, moins confiante.

Elle a finalement baissé les yeux.

— Ah, je sais bien, a-t-elle soupiré.

La tension entre nous s'est un peu dissipée.

— Tu sais bien ?

— Ben oui, a-t-elle prononcé avec un faux accent québécois. Je sais bien que tu ne peux rien répondre à ça. Je sais aussi que ce n'était pas ta faute, pour moi et Max.

— Oh ?

J'ai commencé à trouver que j'avais l'air insignifiante, avec mes « oh » et mes « ah », mais elle n'a pas relevé mon manque de vocabulaire.

— Tu n'as pas aidé, c'est certain. Mais du coup, j'avais compris assez rapidement qu'il te trouvait à son goût et qu'il n'était pas le genre de mec à qui on peut vraiment faire confiance, alors c'était à moi d'être plus sur mes gardes.

J'ai tiqué un peu.

— Tu sais qu'il ne s'est jamais rien passé entre nous, non ?

— « Rien passé », a-t-elle répété en mimant des guillemets avec ses doigts.

— Non, non, un vrai « rien passé ».

— Si mon copain est amoureux d'une autre fille, il me semble que ça ne compte pas pour rien, non ?

— Max n'est pas amoureux de moi.

— Continuez de vous mentir à vous-mêmes, si vous voulez, je n'en ai plus rien à cirer. Ça ne me regarde plus. Et puis, s'il ne m'a pas trompée avec toi, c'est avec une autre.

J'ai senti l'étonnement se peindre sur mon visage sans que je puisse le cacher. Elle a eu l'air de retrouver son aplomb, une certaine confiance est revenue dans ses yeux d'or.

— Ah bon, donc tu ne savais pas ?

— Quoi ?

Elle a de nouveau soupiré et a commencé à ranger ses livres.

— Tu sais, Camille, Max ne sera jamais le gars d'une seule femme. Je te le dis comme ça, pour toi.

Elle s'est levée et a pris son sac à dos. Je ne savais pas quoi répondre. Je me sentais aussi désemparée qu'un homme-tronc dans une troupe de danse en ligne, me tenant là, avec mon bac de vaisselle sale dans les bras et mon air hagard au visage. J'ai fini par tourner les talons.

— Attends, Camille.

Je me suis arrêtée. J'ai soupiré puis je me suis retournée vers elle.

— Quoi ?

— Oublie ça.

— Oublie quoi ?

— Ce que je viens de dire. C'est vrai que Max aime les femmes, je ne t'apprends rien. Mais ce n'est pas la même situation, toi et moi.

— Honnêtement, je ne comprends rien à ce que tu me racontes, Florence.

— Max, il ne m'aimait pas.

Je suis restée interdite cette fois encore. C'était la journée des révélations. Son visage de marbre n'affichait aucune peine, ce qui était doublement triste.

— Bah voyons, vous avez été ensemble pendant un an.

— Et puis ? Tu penses que le temps, ça change quelque chose ?

— Euh… oui ?

— Combien de temps es-tu restée avec Vic ?

— Un peu plus d'un an.

— Et tu l'aimais pendant tout ce temps ?

Il n'y avait rien à ajouter. Elle a eu un petit sourire résigné. J'aurais aimé lui dire que j'étais désolée, qu'elle méritait tellement mieux, un gars qui l'aime véritablement, mais rien n'est sorti.

— Tu sais… je pensais que ce serait vraiment incroyable d'être aimée par Max. Aimée réellement. J'ai tout essayé pour que ça arrive, et je n'ai pas réussi. Peut-être que pour toi, ce sera différent.

Je l'ai regardée, avec ses cheveux soyeux, ses grands yeux doux, son air élégant. C'était difficile de concevoir qu'un gars puisse ne pas tomber en amour avec elle, mais il me semblait logique que ce soit Max, ce gars. Il n'avait jamais fait ce que les gens attendaient de lui. Ce n'était pas avec l'amour que cela allait être différent. J'ai fini par répondre :

— Je ne crois pas.

Florence a haussé les épaules.

— Ce serait dommage. Max, ce n'était pas le bon pour moi, mais je ne pense pas qu'il soit un mauvais gars.

Elle est partie. Je ne l'ai pas revue depuis.

MAX

Jeannette, la mère de mon père, avait toujours été l'exception dans ma famille froide et dysfonctionnelle. Elle était drôle, cynique et allumée. Elle se moquait de tout le monde, riait du fait que ses mots dérangeaient et que mon père grinçait des dents quand elle sacrait* au souper familial dans un restaurant trop cher. Elle aimait provoquer.

Je visitais ma grand-mère toutes les semaines. On se parlait au téléphone presque tous les jours, ne serait-ce que quelques minutes. Elle me tenait informé des rebondissements dans ses feuilletons, je lui racontais mes rencontres amoureuses. Cela la faisait rire. Elle disait que j'étais plus divertissant que tous les personnages des *Feux de l'amour* combinés. Je blaguais en disant que j'étais plus beau aussi. Elle me répondait qu'un jour, je rencontrerais bien quelqu'un qui remettrait du sens dans mon beau cerveau de grand naïf. Je lui répliquais en riant qu'elle s'en occupait déjà très bien elle-même.

Un jour qu'on discutait ensemble de mon père qui s'offusquait de ses remarques ironiques, elle m'a confié qu'elle n'avait pas toujours été comme cela, que plus jeune, elle était comme ma mère, calme, réservée, posée. Puis, quand mon grand-père est décédé, elle avait décidé qu'elle en avait assez de marcher constamment sur des œufs pour ne vexer personne. Elle avait compris que, de toute façon, il y avait toujours quelqu'un de vexé.

Je lui avais demandé pourquoi elle était restée dans un mariage qui la laissait si peu s'exprimer. Elle m'avait expliqué qu'elle avait beau être brave, dans son temps, certaines choses ne se faisaient pas. Je lui avais alors demandé pourquoi ma mère avait accepté sa situation. J'avais dix-huit ans à l'époque, l'âge où l'on se croit assez vieux pour supporter la vérité, tout en étant un peu effrayé à l'idée de l'entendre. Elle avait soupiré puis répondu:

— Ta mère n'est pas malheureuse, Maxime. Pas comme je l'ai été, du moins.

— Elle n'est pas heureuse non plus.

Elle avait pris une longue gorgée de thé, replacé quelques mèches très frisées sur sa tête.

— Tout le monde ne cherche pas le bonheur de la même façon que toi. Pour la plupart des gens, sauver les apparences, ça suffit amplement.

— C'est triste.

— C'est la vie.

Les «c'est la vie» de ma grand-mère mettaient toujours efficacement un terme aux conversations.

Elle est décédée un peu après mes vingt-trois ans. Un infarctus du myocarde. «Une crise cardiaque», avait spécifié mon père à l'autre bout du fil, croyant que je n'avais pas compris. J'avais bien compris, seulement je n'avais plus d'air dans mes poumons pour souffler quelque mot que ce soit. Il me l'avait annoncé entre deux patients. J'étais dans l'autobus, en route vers l'université. J'étais sorti au premier arrêt et j'avais erré dans les rues sans regarder où j'allais. Je m'étais demandé si mon père avait pleuré. J'avais beau essayer, je n'arrivais pas à l'imaginer.

Mes pieds m'ont mené jusqu'aux Plaines. J'ai texté Cam, qui est venue me rejoindre. Elle a exprès séché un cours, ce qui n'était pas dans ses habitudes. C'était le printemps, le gazon était un peu humide sous mon jean. Je m'en moquais. Je sentais à peine le vent froid qui soufflait fort, comme toujours près du fleuve. Ma grand-mère aimait tant marcher sur les Plaines, je pense que c'est en partie pour cette raison que j'avais abouti ici, sans vraiment m'en rendre compte.

Cam s'est assise à côté de moi sur le gazon mouillé. Elle ne m'a pas demandé si ça allait. J'ai apprécié.

— Tu sais ce qui est le pire?

Elle n'a pas répondu. Elle attendait.

— J'ai l'impression que je ne pourrai jamais m'habituer à ne plus la voir. Je veux dire… cette femme est dans ma vie depuis toujours. C'est la seule personne de ma famille avec qui j'étais bien, la seule qui m'acceptait comme je suis. Et maintenant, je ne sais pas comment concevoir une vie sans elle. J'aimerais tellement pouvoir l'appeler, là, tout de suite. Juste pour entendre sa voix. Je ne sais pas comment je vais pouvoir m'habituer à l'idée qu'elle ne soit plus là.

Cam avait arraché quelques brins d'herbe détrempés et les faisait rouler entre ses paumes tout en m'écoutant. Elle a ouvert les mains et j'ai regardé le vent souffler les brins d'herbe au loin.

— Tu penses que tu ne t'en sortiras pas, mais ça viendra.

J'aurais pu m'obstiner, seulement le ton de sa voix m'a fait taire. J'ai levé la tête vers elle. Elle fixait au loin un point au-dessus du fleuve, quelque chose que je ne pouvais pas distinguer. Elle a poursuivi:

— Au début, tu vas être comme dans une sorte de transe. Ce ne sera pas si terrible, tu vas être un peu engourdi. Tu vas pousser ta douleur tout au fond de toi pour passer à travers les funérailles sans t'effondrer. Tu vas te trouver bon, tu vas être fier de ne pas avoir pleuré quand tous les gens seront venus te dire à quel point ils sont désolés. Fier de ne pas t'être fâché aussi. C'est frustrant, des funérailles, la lenteur de la cérémonie, les mots maladroits… Ça va continuer ainsi pendant quelque temps. L'engourdissement, le déni. Puis, un beau jour, il va y avoir un élément déclencheur, et là, toutes les émotions que tu avais gardées en toi vont sortir d'un seul coup. Je ne sais pas ce que ce sera, pour toi. Moi, ça a été l'odeur des spaghettis. Aussi stupide que ça. Et là, Max, tu vas le ressentir. Là…

Elle a posé une main sur son ventre, a serré son poing.

— Ça va faire mal, comme si on t'extirpait les entrailles pour laisser juste une coquille vide. J'aimerais te dire que ça ne fera pas mal, mais je pense que c'est mieux si tu sais ce qui t'attend. Moi, j'aurais aimé savoir ce qui m'attendait… que je n'étais pas encore sortie du bois, comme je le croyais.

Elle s'est tue. Elle a arraché d'autres brins d'herbe et recommencé à les rouler entre ses doigts, comme si c'était une activité thérapeutique. Je l'ai imitée. Je ne sais pas si cela aidait, en tout cas, cela n'a pas nui.

— Et après?

— Après, tu vas passer une sorte de cap. La douleur sera moins vive. Plus comme un mal de dents qu'un coup de couteau. Quelque chose de lancinant, mais d'endurable. Et un jour, tu vas t'apercevoir que ça fait un bout de temps que tu n'y as pas pensé. Et que, quand tu y penses, ça ne fait plus aussi mal. Tu sais… perdre quelqu'un, c'est comme survivre à une amputation. Tu n'as pas le choix d'apprendre à vivre sans la partie de toi qui manque.

Elle m'a regardé et a souri, un sourire minuscule, mais rempli de douceur. C'est à ce moment-là que j'ai réalisé à quel point on était devenus proches, elle et moi. Aller prendre un verre ensemble une fois de temps en temps et parler de nos aspirations, de nos rêves, on faisait déjà tout cela. Mais ce jour-là, elle m'a montré une nouvelle facette d'elle, la plus vulnérable. Celle qui la définissait vraiment aussi. Je ne connaissais pas Cam depuis très longtemps à l'époque, à peine un an, mais à cet instant précis, j'ai su que je serais toujours là pour elle. Et elle pour moi.

J'ai demandé :

— Qui était-ce, pour toi ?

Elle a hésité, mais juste un peu. Elle a eu un autre de ses demi-sourires que je commençais à connaître.

— Ma mère.

Cela a été la première fois, et une des seules, que Camille et moi avons évoqué le souvenir de sa mère.

CAM

Assise dans le taxi aux côtés de Max, en route vers le Château Frontenac pour la fameuse soirée à la gloire de son père, je me demande encore dans quel pétrin je me suis fourrée en acceptant son invitation. Je savais que Max était un bon vendeur, mais là, vraiment, je me suis bien fait avoir. Je suis entortillée dans une robe qui me permet de respirer juste assez pour ne pas m'évanouir et qui risque de me limiter dans la quantité de bouchées que je pourrai avaler. Ladite robe possède également une fente qui m'empêchera de me soûler devant tous les personnages les plus influents de la ville si je tiens à conserver un minimum de dignité.

— Je ne sais vraiment pas comment tu m'as convaincue, dis-je à Max pour la millième fois.

— Honnêtement, je ne sais pas trop moi non plus, répond-il aussi pour la millième fois.

Je le regarde du coin de l'œil, comme il le fait avec moi depuis qu'on est entrés dans le taxi. Il porte un pantalon gris, une chemise marine avec des motifs d'ancre, un nœud papillon rouge, et pas de veston, sûrement parce que sa mère lui a demandé d'en mettre un. Cela me fend un peu le cœur de le contempler habillé ainsi. À voir son expression quand il me regarde, j'ai bien l'impression que je lui fais le même effet. Je me sens étrangement légère quand son regard se pose sur moi, comme si ma poitrine se remplissait d'hélium. Si cela continue, il faudra presque qu'il me retienne en sortant du taxi pour que je ne m'envole pas.

J'ordonne mentalement à mon cœur de reprendre un rythme normal, parce que j'ai peur que Max l'entende battre comme un fou contre mes côtes. En plus, s'il persiste à s'agiter ainsi, je vais devoir respirer plus et on va avoir un problème de robe.

Malgré tous mes bons arguments, mon cœur n'écoute rien, évidemment. Il est aussi têtu que moi, on vient du même endroit, après tout.

— On enverra la facture à mon père, propose Max alors que l'on passe sous la porte Saint-Jean.

— La facture ?

— Pour la robe.

Je prends un ton désinvolte :

— Oh, cette vieille affaire-là ? Je dors avec.

— J'ai toujours su que tu étais une snob refoulée, dit-il en riant. En tout cas, je suis flatté.

— Pourquoi ?

Il me détaille de la tête aux pieds, sans aucune gêne. Je me sens rougir et j'espère que j'ai assez de *blush* pour le cacher. En même temps, ce soir, étrangement, cela ne me semble pas si terrible qu'il me voie rougir. Ce doit être l'effet de la robe. Ou du manque d'oxygène à mon cerveau.

— Je n'ai peut-être pas eu droit au chemisier de premier rendez-vous, mais j'ai quand même droit à ça.

— Oui, et ce n'est pas notre premier rendez-vous non plus.

— Ça pourrait l'être.

Il me regarde droit dans les yeux. Je ne réponds rien. J'ai l'impression qu'il tient mes entrailles dans sa main. Cela sonne un peu écœurant, dit ainsi, ce n'est pourtant pas une sensation désagréable. C'est simplement un peu déroutant, comme s'il avait le contrôle total.

Le taxi s'immobilise dans la cour intérieure du Château Frontenac. Max sort et se dépêche de contourner le taxi pour venir de mon côté. Il pleut, un petit crachin à peine. Il dérape presque en m'ouvrant la porte. Je ris, prends sa main pour sortir et laisse sa paume géante engloutir la mienne. Sa peau est un peu moite, la mienne aussi. On est tous les deux nerveux, c'est évident. Et ce n'est pas la vague de médecins, avocats, notaires et autres personnes importantes qui affluent de toutes parts vers le Château qui nous fait cet effet-là.

MAX

La soirée se passe étonnamment bien jusqu'ici. Cam et moi sommes assis à une grande table, avec mes parents et quelques riches dignitaires accompagnés de leur digne épouse.

Mon père est assez agréable, à peine plus arrogant qu'à son habitude. La nourriture est délicieuse, Camille est rayonnante comme trente soleils dans sa robe chic et ma mère est contente. Tout se passe étonnamment bien, donc, ce que je ne veux pas mentionner à voix haute, même pas penser trop fort, de peur que le charme se brise. Nous sommes arrivés au dessert. Cam touche à peine à son assiette. Je me penche et murmure à son oreille:

— Après ça, je te dézippe la robe et on va manger une grosse poutine*, promis.

Ses yeux s'illuminent comme seuls le peuvent les yeux d'une fille affamée qui se fait promettre un bon repas.

— Sérieusement, je te frencherais.

— Ne te retiens surtout pas.

— Max...

— Je te niaise. Tu le sais bien.

Je lui décoche un clin d'œil et elle lève les yeux au ciel, même si elle ne peut s'empêcher de sourire. Il fut un temps où ce genre de commentaire passait comme dans du beurre. Maintenant, c'est différent entre nous.

— Et vous, Camille, que faites-vous dans la vie? demande une dame dans la cinquantaine que ma mère nous a présentée comme l'épouse d'un des conseillers municipaux.

— Je suis encore étudiante.

— Ah oui, et dans quel domaine ?

— Je termine un master en psychoéducation.

— C'est très bien, ça. Et ensuite, vous allez vous trouver un emploi ?

— Non, en fait, je vais entamer mon doctorat à l'automne prochain. J'ai reçu une bourse.

— Oh ! Fantastique.

— Certainement, répond Cam.

Je me demande si la dame voit l'ironie dans le sourire de Cam. En tout cas, elle semble manifestement plus impressionnée par elle maintenant qu'elle sait qu'elle sera une sorte de docteur. On voit le respect grimper dans son regard. Je déteste ce milieu, où les titres définissent la valeur des gens.

Ma mère regarde Cam avec fierté et échange un regard entendu avec mon père. C'est leur visage magouilleur, que je connais bien, pour l'avoir vu trop de fois. C'est là que je comprends. Ils ne voulaient pas que je vienne avec Cam parce qu'elle me rend sage, ils voulaient que je l'emmène pour détourner l'attention de leur entourage de gens snobs, parce que moi, je ne fais pas d'études supérieures et que je n'aurai pas droit à un titre. Personne ne m'appellera jamais maître Allard ou docteur Allard, ou capitaine Allard, ou monseigneur Allard. Je n'aurai droit qu'à Maxime, Max, le petit gars qui ne se sera jamais élevé plus haut que la moyenne. Si l'on était dans une tribu en Afrique, j'aurais coulé mon rite d'initiation, j'aurais refusé de tuer l'animal, je serais la risée de la tribu. Ce soir, je suis le seul de ma bande. Même Cam n'y appartient pas, ou plus pour longtemps encore. Un jour, elle sera tout aussi bienvenue dans celle de mes parents que dans la mienne. Un jour, elle sera sûrement des leurs. Cam n'a jamais été ordinaire. Il ne lui reste qu'à s'en rendre compte elle-même, puisque le reste du monde le voit déjà. Le jour où cela arrivera, je n'aurai plus qu'à l'oublier.

Cette pensée fait bouillir le sang dans mes veines. Tout à coup, la pièce me paraît trop petite, les murs se rapprochent. Je jette ma serviette sur la table et me lève discrètement de mon siège. Je ne veux pas causer de malaise, non pas pour éviter d'embarrasser mon père, plutôt parce que je n'ai pas envie de m'expliquer. J'ai simplement besoin d'être où ils ne sont pas.

Je me dirige vers la porte à grandes enjambées, je ne ralentis même pas quand ils appellent mon père sur la scène. Je sens sur moi son regard furieux et déçu ; celui, exaspéré, de ma mère ; et celui, inquiet, de Camille. Leurs yeux brûlent un trou de la taille du Manitoba [14] sur la peau de ma nuque alors que je quitte la pièce avant que toute cette parure ne s'écroule sur ma tête de pauvre gars si peu spécial.

---

14. Province canadienne.

CAM

Dès que j'ai vu Max se lever de table, j'ai su qu'il ne comptait pas revenir. Je laisse son père débiter la première partie de son discours puis, dès qu'il s'interrompt pour boire de l'eau, je m'éclipse de la salle. Je cherche Max dans le hall d'entrée. Je dois bien vite me rendre à l'évidence qu'il n'est pas là. Je m'aventure sur la terrasse, située à l'arrière du grand hôtel. Le vent me fouette aussitôt le visage quand je mets les pieds dehors. Je regrette instantanément mes épaules nues et la fente sur le devant de ma robe, quand j'aperçois la silhouette de Max au loin, penchée contre la rambarde.

Je le rejoins et m'accoude à mon tour, mon épaule contre la sienne, autant pour le soutenir que pour me réchauffer. Pendant un moment, on regarde en silence l'île d'Orléans qui scintille au loin, Lévis à droite, Québec à gauche, le fleuve comme un gouffre sombre au milieu des lumières de la nuit.

— C'est beau, dis-je après quelques minutes.

Il ne répond rien. Il regarde droit devant, les lèvres pincées, le regard froid comme les bourrasques qui nous font tanguer.

— Max?

— J'ai toujours su que je les décevais.

— Quoi?

— Je les déçois. Constamment. Je ne suis pas assidu, je suis volage, je n'aime pas les sciences, je suis un petit criss. J'ai toujours été un petit criss.

— Max…

— C'est vrai, je le sais, c'est correct. C'est un peu leur faute, de toute façon. Et je vis bien avec, d'habitude. Mais ce soir, avec toi, c'est trop.

Je reçois ces derniers mots comme une gifle. Je me détache légèrement de lui.

— Comment ça, avec moi ?

— Tu vas être comme eux, un jour.

— Mais de quoi parles-tu ?

Il se tourne vers moi et me regarde. Droit dans les yeux, de ce même regard froid qu'il dirigeait vers le fleuve quelques instants auparavant. Je suis gelée sur place.

— J'ai toujours admiré le fait que, malgré les études et la structure et tout ce qui était rigide chez toi, tu vivais quand même de passion. Je pensais que tu suivrais ça jusqu'au bout. L'écriture, je veux dire. Que tout le reste, c'était en attendant. Ou du moins, que tu participais à ce monde-là sans en faire vraiment partie. Ce soir, je vois bien qu'au fond, tu t'intègres bien avec eux… Et un jour, pas demain, pas la semaine prochaine, dans quelques années, tu vas être comme eux, le nez au ciel tellement haut que tu ne verras pas les pauvres gars comme moi qui attendent en bas.

Je sens ma bouche s'entrouvrir de stupéfaction après ces aveux inattendus. J'ai toujours su que Max avait un complexe par rapport aux buts que ses parents avaient fixés pour lui sans même lui demander son avis. Je ne pensais pas qu'il m'incluait là-dedans, en revanche. La stupeur qui me fige un instant est rapidement secouée par une fureur sourde qui me fouette le sang dans les veines.

— Tu n'es pas juste avec moi, Max.

J'essaie de garder mon calme, malgré tout, parce que je sais bien que ce n'est pas en l'attaquant que je vais réussir à le raisonner. Il hausse les épaules.

— On ne t'a jamais appris que la vie n'était pas juste?

— Ne me sers pas des phrases toutes faites comme ça.

— Ce n'est pas assez brillant pour mademoiselle?

J'ai toujours eu la mèche courte, et ce soir, il sait exactement comment y mettre le feu. Son attitude froide et moqueuse vient à bout de ma bonne volonté. J'éclate.

— OK, là, c'est assez! Si tu as des insécurités par rapport à tes parents, ça te regarde et tu sais très bien que j'ai toujours été là pour toi, quand tu avais besoin de les critiquer! Tu sais aussi très bien que je me moque éperdument de tout ce qu'ils jugent important! Alors, arrête d'essayer de trouver quelque chose qui cloche avec moi...

— Ah ben là, j'ai mon criss de voyage!

— Pardon?

— J'ai dit que j'ai mon criss de voyage! Tu peux m'accuser de bien des affaires, et Dieu sait que j'en ai pris au fil des années, mais là, m'accuser moi, *moi*, d'essayer de trouver des trucs qui clochent avec *toi*? Je pense que tu as besoin de te regarder dans un miroir, ma fille, parce que tu ne t'es pas vue depuis des semaines! Et quand je dis des semaines, je suis sacrément généreux.

— De quoi parles-tu?

— Je parle de toutes les raisons au monde que tu t'efforces en vain de trouver pour ne pas être avec moi, pour essayer de cacher le fait qu'après tout ce temps, tu ne me fais toujours pas confiance!

— Ce n'est pas vrai, Max...

— Regarde-moi. Regarde-moi dans les yeux et jure-moi que tu me fais confiance. Ou alors, dis-moi juste que tu ne veux pas être avec moi. Mais décide-toi. J'en ai assez, Cam, c'est trop long. C'est trop lourd.

On s'est éloignés durant notre altercation. J'ai la gorge serrée par un nœud d'angoisse, les bras engourdis à cause du froid. Des larmes perlent au coin de mes yeux, mais je ne sais plus si c'est à cause de la tristesse, de la rage ou du vent. Probablement un peu des trois. Le regard dur, Max me demande :

— Alors ?

Je respire profondément (c'est difficile, avec ma robe qui m'étouffe) avant de répondre.

— Je te l'ai déjà dit, Max. Ce n'est pas en toi que je n'ai pas confiance, c'est en nous… J'ai peur qu'on gâche tout. On n'est pas bons, là-dedans. Ni toi ni moi.

Max s'assombrit à mes paroles.

— Ce sont de fausses excuses.

— Ce sont des faits. Regarde ta vie amoureuse. Regarde *la mienne.*

— Ce n'est pas pareil.

— En quoi est-ce que c'est différent ?

— C'est nous.

— C'est facile à dire, ça.

— Tu te trompes. Ce n'est pas facile. Avoir peur et s'en aller, éviter de trop y penser… ça, c'est facile. Et c'est ce qu'on a toujours fait, tous les deux. Depuis combien de temps, maintenant ? Quatre ans ? C'est fou, tout ce temps perdu !

— Ce n'était pas du temps perdu.

— Non, OK. Peut-être pas perdu, mais gaspillé, oui.

Il fait un pas vers moi. Je sens toute la détermination qui émane de lui. Jamais encore je ne l'avais vu dans cet état.

— Et je sais que je fais partie du problème. Je nivelle par le bas dans toutes les sphères de ma fichue vie. Je donne toujours le minimum, pas plus. J'ai toujours pris le chemin qui demandait le moins de risques. Plus maintenant, Cam. Plus maintenant. Pour une fois dans ma vie, je ne veux pas choisir la voie de la facilité.

Je ne réponds rien, suspendue à ses lèvres. Après un instant, il ajoute :

— Je suis sérieux. Ça se passe aujourd'hui, Cam. Moi, j'ai choisi. Et là, c'est à ton tour. Si tu ne veux pas être avec moi, c'est maintenant que tu me le dis. Je veux t'entendre le dire, sinon je ne le croirai pas.

— Max…

— Vas-y. Décide.

Il passe une main enragée dans ses cheveux, dans sa barbe. Je le regarde et j'ai envie de m'accrocher à lui comme si j'étais en train de me noyer dans le fleuve, de combattre le courant qui m'emporte. J'ai envie de m'accrocher à lui comme on s'accroche à la vie. Et je décide enfin de me jeter à l'eau.

— OK. *Go**.

— Quoi ?

Il me regarde, incrédule. J'ai l'impression d'être une marionnette dont on vient de couper les fils. Un seul petit mot, une énorme délivrance. Je souris en coin et je répète :

— J'ai dit *go*, Max. *Go*.

Le temps semble suspendu entre nous pendant une seconde, ou une éternité. Puis il franchit les deux enjambées qui nous séparent et ses lèvres heurtent les miennes en les attrapant. C'est la seule manière de le décrire. Ce n'est pas doux, ce n'est pas romantique. C'est un choc, une urgence. Mes bras entourent son cou et je le tire vers moi, comme si je l'entraînais à la dérive.

Il ne m'embrasse pas comme on embrasse quelqu'un quand cela fait trop longtemps qu'on en a envie. Il m'embrasse comme on embrasse quelqu'un quand on ne pense pas survivre une seconde de plus si l'on ne le fait pas.

Cela semble très similaire, mais entre le désir et le nécessaire, il y a une mer de différence.

MAX

Cela prend neuf minutes en voiture pour se rendre du Château Frontenac à mon appartement. Ce sont les neuf minutes les plus longues et les plus courtes de ma vie.

Neuf minutes sans respirer, c'est incroyablement long. Neuf minutes à embrasser Camille, c'est incroyablement court. Le temps, c'est subjectif.

Je lance vingt dollars au chauffeur de taxi et je tire Cam hors de la voiture. Ses mains restent sur moi, parcourent fébrilement mon corps, je ne sais pas comment elle fait pour être partout à la fois. Je ne veux pas vraiment le savoir non plus. Je ne veux pas qu'elle s'arrête pour me le dire. On a déjà assez parlé.

Je peine à ouvrir la porte d'entrée, on s'embrasse tellement qu'on a de la difficulté à monter les escaliers, elle perd une chaussure au passage. On rit un peu, pas fort, c'est trop intense pour rire vraiment. J'ai l'impression de devoir franchir mille obstacles avant de finalement entrer chez moi. Je ferme la porte brutalement, plaque Cam contre le mur. Mes mains butent sur la fermeture éclair de sa robe.

— Déchire.

— Quoi?

— Déchire-la, m'ordonnc-t-elle, alors que ses lèvres se fraient un chemin dans le creux de mon cou.

Mes jambes fléchissent. Elle sent bon, elle dégage cette odeur qui m'est si familière, alors que sa peau est douce, nouvelle, un territoire inexploré. J'en goûte chaque centimètre, je ne gaspille rien. J'en connais la richesse, la rareté. Mes mains descendent le long de son dos, et j'agrippe le tissu, qui cède sous la pression de mes doigts comme si c'était du papier de soie. Elle se retrouve nue devant moi. Pas de sous-vêtement, rien. Savait-elle que cela finirait ainsi ? Ce n'est pas le moment de le lui demander. Elle lève les yeux, me sourit du regard. Je suis une mare d'os et de chair à ses pieds. Dans la lumière de la lune qui entre par les grandes fenêtres, sa peau est blanche comme neige, ses seins sont petits, gonflés. Majestueux. Elle est une île au milieu de mon salon et je veux m'y établir. Ne jamais la quitter.

— À mon tour, chuchote-t-elle, et elle défait mon nœud papillon puis ma chemise.

Elle est beaucoup plus habile que moi, on pourrait croire qu'elle est moins nerveuse, moins excitée. Puis, quand je la saisis par la taille, que je glisse mes mains sur sa poitrine, je sens son cœur battre dans mes paumes. Sa respiration est chaude et rapide dans mon oreille quand je me penche pour embrasser son cou puis ses seins et son ventre. Elle m'accueille en elle comme une mer chaude accueille le plus chanceux des voyageurs.

CAM

Il fait toujours trop clair le matin chez Max, avec le soleil qui traverse les fenêtres dépourvues de rideaux. Je m'en plains souvent. Ce n'est pas la première fois que je dors chez Max après une soirée passée avec lui. Pas la première fois que je me réveille dans ce lit, que je plisse les yeux sous le trop-plein de soleil avant d'enfoncer la tête dans l'oreiller, que je dors avec une jambe sur l'édredon parce que j'ai trop chaud. Mais c'est la première fois que j'y dors nue.

Max dort encore, je le devine à sa respiration lente et profonde près de mon oreille. Son bras posé sur ma taille est lourd, ce qui n'est pas désagréable. Le matin qui suit une nuit passée avec un gars, c'est toujours le test, selon moi. Le bras peut être lourd, quoique tout de même réconfortant, ou bien il peut être encombrant, collant. On peut aussi trouver que le gars respire trop fort, qu'il a sué en dormant, que sa peau est moins belle à la lumière du jour.

J'ai un peu peur, en me réveillant ce matin auprès de Max, de le trouver légèrement moins beau. De le découvrir trop large, trop roux. De le trouver différent. J'ai peur d'ouvrir mes yeux sur cette nouvelle réalité, celle où l'on ne peut plus prétendre être juste des amis. J'ai peur de tout regretter. Tant pis, j'ose. Je jette un coup d'œil par-dessus mon épaule, et je constate que Max reste Max, même au soleil, même le matin d'après. Je ne peux pas expliquer le soulagement que je ressens en le voyant exactement comme avant.

Il est réveillé à présent. Il doit me sentir bouger parce qu'il me serre un peu plus fort, me tire contre lui. Les poils de son torse me chatouillent le dos. Je souris.

— Qu'est-ce qui est drôle ? marmonne-t-il contre ma nuque.

— Comment sais-tu que je souris ?

— Tu n'es pas tout à fait un coup d'un soir. Je te connais un peu.

Mon sourire s'élargit.

— Je ne suis pas un coup d'un soir ? Ouf, j'ai eu peur, là…

— T'es bête !

— On me le répète souvent.

— Menteuse.

Je ris et me retourne dans ses bras. Cela me fait drôle de l'avoir aussi près de moi. J'ai encore le réflexe de me tendre légèrement, comme si mon corps se demandait si c'est correct de profiter de cette proximité. Je passe une main dans ses cheveux. Il me regarde en souriant, ses yeux verts brillent à travers ses cils. Je lui demande, plus sérieusement :

— Est-ce que c'est bizarre pour toi ?

— Honnêtement ?

— Non, mens-moi.

Il me pince une fesse. Je ris un peu et il resserre son étreinte autour de moi.

— Ce n'est pas bizarre. Non, ce n'est pas le bon mot. Je me sens comme quand je suis monté sur ma moto la première fois.

— Je ne sais vraiment, mais vraiment pas comment prendre ça.

— Attends, je réfléchis. Donne-moi trente secondes.

Il ferme les yeux à demi, songeur.

— C'est comme… c'est comme si je savais que j'avais toujours voulu faire ça, mais que j'avais un peu peur en même temps. Il y avait un côté de moi qui se demandait si ça allait être correct.

Je réfléchis à sa réponse pendant que sa main trace une ligne invisible sur ma colonne vertébrale, de haut en bas. Cela chatouille jusque dans mon bas-ventre. Cela rend la réflexion plus difficile.

— J'aurais été plus inquiète si tu n'avais pas eu peur.

— Pourquoi ?

Sa question me parvient un peu étouffée parce qu'il commence à m'embrasser dans le cou. Ses doigts creusent plus fort dans la peau de mon dos. Cela ne me fait pas mal. En même temps, ce serait correct si cela le faisait un peu.

— Parce que, quand on a peur, c'est généralement qu'on tient à quelque chose.

— Hum.

Ses lèvres se déplacent tranquillement sur ma peau, jusqu'aux miennes. Il ne les embrasse pas, je sens son souffle tiède les effleurer. Ses cils frôlent presque les miens tandis qu'il me regarde droit dans les yeux.

— Tu sais que je tiens à toi. Ça ne date pas d'hier ni de ce matin.

— Ce n'est pas pareil.

— Ce n'est pas si différent.

— C'est vrai.

— Et toi… tu as encore peur ?

— Sûrement.

— De quoi ? De…

Comme il hésite, je l'encourage.

— Oui ?

— Non, rien.

— Max…

Il soupire. Son visage est toujours près du mien. Lorsqu'il lève les yeux, j'arrive presque à lire ses pensées.

— Je n'ai pas toujours été un bon gars. Je n'ai pas toujours été honnête.

— Avec moi ?

— Avec les femmes.

— Mais avec *moi* ?

Je vois la compréhension se peindre sur son visage. Il réalise que je sais qu'il parle de Florence, des fois où il a dévié, et que je choisis de ne pas me mettre dans le même bateau. Que je choisis de croire que ce sera différent entre nous.

— La confiance, c'est aussi un choix. Tu sais, j'ai peur de beaucoup de choses, Max. Tout le temps. Mais je n'ai pas peur que tu ne sois pas un bon gars envers moi. Ça n'a jamais été une de mes inquiétudes. Et ça ne changera certainement pas aujourd'hui.

Il ouvre la bouche, mais je ne lui donne pas le temps de rétorquer, je l'embrasse à la place. Ce qu'il me rend bien. On a été lents à se décider, mais je me rends compte à présent que le plus difficile, c'était de se lancer.

On passe nos vies à chercher des complications, alors que c'est la simplicité qui nous fait vibrer.

MAX

Je n'ai jamais compris les gens qui affirment qu'ils peuvent rester au lit avec quelqu'un toute la journée. Peut-être que je suis un peu hyperactif, mais généralement, après deux, trois fois, j'ai faim, je suis ankylosé à force d'être à l'horizontale et j'ai surtout hâte que l'autre s'en aille.

Ce matin, avec Cam, je comprends enfin. Je découvre le plaisir de rester là, tout près d'elle, pendant des heures et des heures. Sa seule présence suffit.

Mon cellulaire vibre sur la table de chevet, cela fait un vacarme dans notre cocon de mots murmurés. Je vois le nom de ma mère s'afficher sur l'écran. J'imagine qu'elle veut me faire la leçon à propos de ma sortie précoce d'hier soir. Je l'ignore. Je n'ai pas besoin qu'elle vienne tout gâcher, surtout pas aujourd'hui. Cam se blottit contre moi. On fait l'amour encore. Je n'ai pas souvent fait l'amour; pour moi, cela a toujours sonné comme quelque chose de trop doux, de presque pas sexuel, mais à présent, je comprends que ce n'est pas la façon de prendre quelqu'un qui détermine si tu fais l'amour; c'est la sensation que tu as quand tu l'embrasses, c'est la capacité que tu as de regarder la personne dans les yeux sans jamais t'en lasser; c'est le bonheur qui est décuplé quand tu la vois éprouver du plaisir. Je n'ai jamais été un égoïste en matière de sexe, on m'a même souvent complimenté pour ma générosité, mais je n'ai jamais autant aimé donner du plaisir que ce matin, dans mes draps, avec Cam. Et je pense que c'est cela, au fond, faire l'amour. Ils devraient le vendre de cette façon, en tout cas, je crois que bien plus de gars s'y essaieraient.

— Je suis bien, murmure-t-elle contre mon torse, quand on a retrouvé notre souffle.

Sa peau est aussi humide que son entrejambe, ce qui ne me dérange pas du tout quand elle se blottit contre moi.

— Moi aussi.

C'est à ce moment-là que son ventre choisit de pousser un grondement sonore, une sorte de cri de ralliement. On éclate de rire.

— Bon, c'est assez, les mots doux, là, je suis en train de m'automanger.

Je sais qu'elle ne veut pas vraiment que ce moment entre nous s'arrête, mais cela me fait aussi du bien de me lever et de m'habiller, pendant qu'elle me regarde avec son air de fille heureuse et ses cheveux d'après sexe, et que je sais que c'est moi qui suis responsable de tout cela. Je suis content aussi qu'elle se ressemble encore, qu'elle fasse le même genre de blagues, qu'elle garde son petit air ironique. J'avais peur que cela change, après cette nuit. On dit toujours que lorsqu'on s'aime, les choses changent. Peut-être que comme on s'aimait déjà, elles ne changeront pas ? Ou peut-être qu'elles avaient déjà changé et qu'on ne l'avait pas encore remarqué ?

Cam se lève à son tour et enfile un vieux legging qu'elle avait laissé une fois chez moi, après s'être fait arroser par un bus en revenant de l'école. Elle passe un de mes cotons ouatés par-dessus. Elle flotte tellement dedans qu'on pourrait y rentrer cinq autres Camille.

— Tu es belle.

— Je suis habillée comme une sans-abri.

— Ce n'est pas ce que tu portes, c'est ce que tu es.

— Tu es quétaine.

Elle me répond en roulant des yeux, mais je vois un flot de sang colorer ses joues déjà roses. Tout mon sang à moi converge beaucoup plus bas, sauf que mon ventre crie aussi famine. Patience, Max, il y aura d'autres nuits. Il y aura d'autres matins aussi.

— Oui, mais aujourd'hui, j'ai le droit de l'être.

— OK, pour aujourd'hui seulement, dit-elle en souriant.

— Et peut-être demain.

— Tu joues avec le feu, mais je suis indulgente aujourd'hui, moi aussi. Et sûrement demain, pas plus.

— Deux jours de quétaine, on s'entend.

Quand je glisse mon téléphone dans ma poche, il recommence à vibrer. Je soupire.

— Ma mère n'arrête pas de m'appeler. Je pense que ça fait vingt fois.

— Réponds-lui donc.

— Ça ne me tente pas.

— Tu sais bien que ça ne te tentera jamais.

— Ce sera ça de réglé.

— Max…

— Ça ne me tente *vraiment* pas.

— Et si je te paye l'extra bacon au restaurant ?

— Épouse-moi !

— Pas tout de suite.

J'ai un gros sourire niaiseux plaqué sur le visage quand je réponds. Sans surprise, ma mère me déverse un flot de reproches. C'est épique, ce serait presque comique même, si ce n'était pas aussi rude. Moi, je pense à l'extra bacon et aux fesses de Cam et à tout ce qui est doux dans mon corps d'homme présentement, et je ne réalise même pas ce qui s'est passé quand ma mère raccroche.

Au fond, c'est peut-être juste cela, l'amour. La vie est bonne pour nous déverser une tonne de problèmes qui nous angoissent, qui nous alourdissent, qui nous détruisent toujours un peu plus. Et l'amour, c'est une espèce de bouclier contre la pluie de saloperies au quotidien.

Il est vrai que l'image n'est pas trop romantique. Je ne la répéterai pas à Cam, elle me trouverait colon. Mais romantique ou non, c'est vrai. De toute façon, elle le sait déjà, que je suis colon, et elle m'aime malgré tout. Je ne suis peut-être pas médecin ou avocat, mais ce que je sais, c'est qu'en ce moment précis, il n'y a pas de gars plus chanceux que moi. Je vais peut-être le lui dire. Elle va répliquer que je suis téteux et quétaine, et sûrement employer un autre mot que je ne connaîtrai pas. Elle va me dire tout cela en rougissant. Cela va lui faire plaisir. Et je veux continuer de faire les deux, longtemps. Il était temps que je me rende compte que je n'avais pas besoin de plus pour être heureux.

Parce que Cam, c'est comme la plus belle prise de toute ma vie. Je pense que son père dira que j'ai bien fait cela. J'ai pris mon temps.

Remerciements

Merci à Louise, ma première lectrice et fan numéro un. Merci de penser que même ma liste d'épicerie est drôle et intéressante à lire. Ta non-neutralité me fait du bien. Merci aussi à Pierre d'avoir trouvé que j'écrivais bien, même avant que je ne commence à écrire bien.

Merci à Stéphanie et Andrée-Anne, pour votre soutien constant, vos encouragements et votre capacité à gérer mes crises existentielles quotidiennes. Les *Truites* ne seraient pas venues au monde sans vous.

Merci à toute l'équipe d'Hurtubise d'avoir cru en mon projet et de m'avoir incluse dans votre grande famille. C'est un honneur et un bonheur continuel.

Un merci tout particulier à Estelle, pour ta patience et tes précieux conseils, et pour avoir su aimer cette histoire tout autant que j'ai aimé écrire chacune de ses lignes.

Finalement, merci à vous, qui permettez à ce livre d'exister en prenant le temps de le lire. Ce n'est qu'en étant lue qu'une histoire naît vraiment.

Glossaire

Blonde : petite amie.
Bobette : culotte, slip.
***Bromance* :** mot-valise constitué de *brother* (frère) et *romance* (idylle). Il s'agit d'une relation forte et platonique entre deux hommes.
Brosse : cuite.
Ça a pas rapport : ça n'a rien à voir.
Câline : juron.
Capoter : s'énerver ou éprouver un grand plaisir, s'emballer (suivant le contexte).
Cenne : cent, centime.
Chicane, chicaner : dispute, (se) disputer.
Chum : copain (ami), petit copain.
Cliquer : se plaire, avoir des atomes crochus.
Colon : idiot ; rustre.
Condo : abréviation de condominium, qui signifie appartement.
Correct : ça va correct : ça va, sans plus ; c'est correct : il n'y a pas de souci, c'est ok, c'est acceptable.
Coton ouaté : pull en coton molletonné.
Couenne : peau.
Criss : juron.
Cruiser : draguer.
***Date* :** rendez-vous.
Dépanneur : petite épicerie de proximité.
Deux par quatre : désigne une planche de deux pouces par

quatre.
En masse : beaucoup.
Esti : juron.
Faque : contraction de « Ça fait que ».
Faire dur : avoir l'air ridicule ; avoir une apparence négligée ; ne pas être sérieux.
Filer pas : se sentir mal.
Fin de semaine : week-end.
Fun : relatif à l'amusement ; cool, chouette, super bien.
***French* :** *french kiss*, baiser profond (frencher = rouler une pelle).
***Game* :** être *game* signifie avoir le cran de relever un défi.
Gars : garçon, homme, mec.
***Go* :** allons-y, allez.
Gosser : exaspérer, énerver.
Grafigner : égratigner.
Guenille : chiffon.
Magasiner : faire du shopping.
Mêlé : confus.
Niaiser : se moquer, s'amuser.
Pelleter des nuages : caresser des chimères.
Pied : unité de longueur ; 1 pied = 30 centimètres environ.
Pitcher : lancer, jeter.
Plate : ennuyeux.
Poutine : plat typique du Canada, composé à base de frites, de fromage et d'une sauce brune.
Présentement : actuellement, en ce moment.
Quétaine : démodé, ringard.
Sacrer : jurer.
Sacrer patience : laisser tranquille.
Sacrer son camp : partir, quitter un lieu.
Sauce à spaghetti : sauce typique du Québec, à base de viande hachée, de tomate, d'oignon, de légumes et d'herbes.

Sur la glace : en attente.
Tétage : obtenir des faveurs par des flatteries.
Téteux : flatteur, indécis, paresseux (suivant le contexte).
Tomber en amour : tomber amoureux.
Triper : vibrer, exulter.
***Vibe* :** énergie, ambiance.
Virer une brosse : faire la fête et s'enivrer.
Yâble (ou yable) : diable. « C'est pas yâble » signifie : « Ce n'est pas bon », « Ce n'est pas terrible ».

Cet ouvrage a été imprimé sur du papier dont les fibres de bois proviennent de forêts durablement gérées.

PEFC
PEFC/14-38-00308
Certifié PEFC
Papier de forêts gérées durablement et de sources contrôlées
www.pefc-france.org

Achevé d'imprimer en avril 2025
Dépôt légal : mai 2025
Imprimé en Espagne par CPI Black Print